走深圳

马继远 著

群言出版社
QUNYAN PRESS
·北京·

图书在版编目（CIP）数据

在深圳 / 马继远著 . -- 北京 ： 群言出版社， 2017.7
ISBN 978-7-5193-0291-7

Ⅰ． ①在… Ⅱ． ①马… Ⅲ． ①随笔－作品集－中国－
当代 Ⅳ． ① I267.1

中国版本图书馆CIP 数据核字（2017）第 150185 号

_____

责任编辑：侯莹　金朝
封面设计：胡金霞

出版发行：群言出版社
地　　　址：北京市东城区东厂胡同北巷1号 （100006）
网　　　址：www.qypublish.com（官网书城）
电子信箱：qunyancbs@126.com
联系电话：010-65267783　65263836
经　　销：全国新华书店

印　　刷：三河市京兰印务有限公司
版　　次：2017年8月第1版　2020年6月第2次印刷
开　　本：710mm×1000mm　1/16
印　　张：17
字　　数：210千字
书　　号：ISBN 978-7-5193-0291-7
定　　价：59.80元

序：我想去深圳

◎ 梁　凌

不曾去过深圳。在我的意识里，深圳是个没有温度的城市，只是个符号和传说，如改革，如拥挤，如摩天大楼……高楼丛林中，密匝匝、乱纷纷的人流，如蚁排兵，似蜂酿蜜。每个人，都步履匆匆；所有的目光，都闪烁着焦灼和欲望。黄金遍地，空洞苍白，自私冷漠，这些词，似乎都适合深圳。而这些，显然都与我的慢生活格格不入。所以，当有人约我去深圳，我会奇怪地斜他一眼："去那儿干吗？看钢筋水泥？何不云、贵、川？"

然而这种印象，在这几天纷然瓦解，我竟出尔反尔，神颠颠地向人宣布："我想去深圳！"原因呢，是看了马继远的《在深圳》一书。

《在深圳》收录了马继远这几年创作的百余篇专栏文章，虽然大多文章我都在《洛阳晚报》《深圳特区报》上见过，但那只是走马观花、浮光掠影式的浏览，撷取的也是吉光片羽，点点飞花。碎片式阅读，对人的撼动不大。及他整合成集，系统性地再看，一个立体、生动、会说话、色彩丰富的深圳，一个令人神往的深圳，就呼之欲出。

马继远笔下的深圳，是真实可信的。这一方面基于我对他多年的了解，比如他细致、理性，能细致观察、理性思考，他说的话，大抵是让人放心的；而更大的一面，则是技术性的，如观察者不远不近的距离，情感的不偏不倚，叙述的不温不火，文字的精准传神等。

先说距离。距离很重要，不管是对摄影家还是画家，甚至写作者。距离近了，山中看山，瞎子摸象，不识庐山真面目；距离远了，月朦胧鸟朦胧，"雾失楼台，月迷津渡"。就像席慕蓉笔下的羊蹄甲："羊蹄甲是一种很难画好的花。花开时，整棵树远看像是笼罩着一层粉色的烟雾，总觉得看不清楚，画不仔细。可是，你如果真的要靠近了来观察它的话，一朵一朵细致如兰，花朵却又完全是另一种样子，和远看时完全不同，你又不知道该如何下手了。"

写好一座城，从某种意义上说，跟画好一朵花是相同的。有时候，你需要远些；有时候，又必须近些，甚至跳进去，以便"春江水暖鸭先知"。马继远因为工作关系，从中原地区去到南方之南，由洛阳人变成深圳人，深圳离他，既近且远。他穿行在深圳的大街小巷，目之所及，全是热热闹闹、挨挨挤挤的鲜活物事。同时他的思维，又能跳出这些物事，带着旁观者的冷静、新鲜和热情。

比如他写深圳的云，"任谁，再缺少情趣，到了深圳，也不可能无视天上的云。云，就在眼前，很低，也很近，为团、堆、絮、丝、霰……一抹飞云，流经高楼，成了高楼颈上一条闲散搭着的丝巾。数堆云峰，聚集在南面的矮楼后，气势巍巍，几欲迎面扑来。几片云团，在不足百米高的莲花山山顶，不时飞舞蹁跹。大块白云朵，挂满玻璃窗，人在室内，忙得久了，偶然望向窗外，冷不防，就会惊呆"。

我非常喜欢这段文字，真是曼妙之极。没有近距离观察，就难有这么生动的描述。同样，没有外来人的眼光，再美的云，也只会熟视无睹。不仅仅云，还有深圳湾的海鸟，莲花山的放蜂人，公交车司机，买菜大妈，广场上的歌手……

除了物象，他更关注人们的精神状态，并充满思考：

"没听说有什么'熟人'去参加婚宴，是否大家都在功利地计算，明天他可能就不吭声辞职离开了，倘送礼金出去定是有去无回？若想找人借钱或借给人钱，先掂量下深圳流行的那句话——'我可以请你吃饭，但不能借给你钱，因为我不知道以后还能不能看到你'。古道热肠什么的，不是深圳的气质。"

"在深圳这样一座移民城市，有那么多离开家乡、心灵无所依的人们。现实的残酷又让很多人倍感压力，期待在这座城市找到心灵的寄托。弘法寺，便成了人们的选择。用弘法寺方丈印顺大和尚的话说，'弘法寺就是我们每个人灵魂的家园'。"

说到深圳没有户口的不易，他写道："驶过几个乘客下车比较集中的站点，车上的人越来越稀，早高峰很快过去，司机也不说话了。不过，总让人以为他是因为说起高考的女儿，情绪才变得低落了。"

距离把握得好，视觉上的清明，有利于扶植情感的中正，做到既不遗漏美好，也不偏袒缺遗。毫无疑问，深圳是个美丽的所在，天是蓝的，云是白的，透明的雨，时不时落在人身上。绿意蓬蓬里，有数不清的花树，它们是木棉、凤凰花、簕杜鹃，是紫荆、鸢尾、四季桂……那里城中有山，山中有城，青山柔软妖媚。人们受教育程度高，公交车让行人，乘客自觉排队上车。书城里坐满了喜欢阅读的人们，有"24小时书吧"。这儿的大学，也跟这座城一样，有着开拓创新精神。全国各地来这儿求职的应届大学毕业生，还可以享受国内绝无仅有的温暖关怀——政府免费提供在青年驿站住宿……这是座春花烂漫之城，青春飞扬之城，来这儿的人们，似乎都会跟着年轻一轮。

但，任何事情都不可能完美。这里春天有"回南天"——地板上湿漉漉，天花板竟然在"啪嗒啪嗒"滴水，墙壁也在"流泪"。夏天有"龙舟雨"。"龙舟雨往往来得骤急，一般没有大风打前站给人做预警。乌云压来，雨点落下，取伞、撑伞的一刹那间，已经暴雨滂沱，飞花乱溅，水流成河。"

房价太高，人情味太淡，单身者多，游荡着一种礼貌的冷漠。城市是年轻的，人们是漂来的，一到过年，城便基本空了。平时你不会像在家乡时那样，被数不清的"随份子"礼金纠缠，也不会有那份热闹，你是自由的，更是孤独的。一个人的咖啡，一个人的千味涮，一个人的旅行，一个人的电影，都是常态。当然，"乙之砒霜，甲之蜜糖"，这份孤独，在某些人看来，也许就是洒脱、不纠缠，比如我自己。

有了平和的心态，文字的节奏，自然拿捏得不紧不慢，不温不火，就像作者本人一样。马继远这些年进步非常大，我始终认为，他是我见过的最会学习的人之一。前些年，他的文字虽然清新雅致，但多停留在文字的表面功夫，如推敲琢磨上。他一开始写深圳专栏，我都替他捏把汗，怕他虎头蛇尾，力不从心，但事实证明，他完全有这个能力。

有道是"多做难事，难事使人成长"，马继远从写深圳走向圆熟。现在，文字在他这里，不再是炫技，而真正变成了得心应手表情达意的工具，契合了他的初衷："用文字记录生活。"洗尽铅华，清水芙蓉，恰恰更有品。这种品，主观上关注精神内核，客观又完美了形式。

现在，我最想去的城，是深圳。清晨，我会起个早，去深圳湾看日出，看"打鸟"。累了再去"叹个早茶"，骑辆"共享单车"，冒充小清新，飞驰在"绿道"上，一日看尽深圳花。再沿海岸线，从东涌穿越到西涌，去抚摸那些白色、黄褐色、浅紫色的岩石。去观澜看版画，去大芬看油画，去寻觅深圳河的源头，去深南大道感受绿色和时尚的震撼。

大鹏所城嘛，也一定要去，除了看海防要塞，还要看看那棵落红遍地凤凰树。夜来了，我去梅林吃小吃，然后去"中心书城"，听"深圳晚八点"讲座，一杯咖啡一本书，享受慢时光。对了，还要去爬爬那些青山，莲花山、笔架山、小南山、梧桐山……中英街，要挑个下午去，沐一身斜晖，似历史的光影。

如果我想在深圳定居，可能会在龙华，因为那里城中村的房屋租金，我尚能接受。我去的季节，如果是春天，一定多拿几件衣，小心遇见"回南天"。倘是夏天，手里要拿一把伞，因为雨说下就下。秋天嘛，相机空间要大，要拍天上的云。不对，什么时候空间都要大，因为美无处不在，无时不在。

感谢深圳，也感谢马继远。深圳成就了马继远的文笔，马继远也洞烛幽微地表达了深圳。

了解深圳，感受深圳，从马继远这本《在深圳》开始。

2017 年 2 月于洛阳

目录

CONTENTS

第一部分　深圳风物

第二部分　鹏城印象

第三部分　巷陌走笔

第四部分　梅林闲谈

第五部分　岭南小感

第一部分 / 深圳风物

深圳的云

　　任谁，再缺少情趣，到了深圳，也不可能无视天上的云。云，就在眼前，很低，也很近，为团、堆、絮、丝、霰……

　　一抹飞云，流经高楼，成了高楼颈上一条闲散搭着的丝巾。数堆云峰，聚集在南面的矮楼后，气势崔巍，几欲迎面扑来。几片云团，在不足百米高的莲花山山顶，不时飞舞蹁跹。大块白云朵，挂满玻璃窗，人在室内，忙得久了，偶然望向窗外，冷不防，就会惊呆。

　　蓝的天，白的云，真好。

　　深圳靠海，水气旺盛，天上的云，更加任性。随意扯块蓝天做帷幕，白云便在上面尽情挥洒变幻，充满魔力。不由自主地，人眼睛便开始随着白云流动，手对着白云指指点点，嘴也跟着感叹起来。

　　看到这朵云，那片云，感觉到美和震撼，人们习惯于说它像什么，这时候就要打比喻。云的白，像棉花、海浪、柳絮、雪山、轻纱、贝壳；云的形，像海鸥、苍狗、神马、白熊、巨龙、棉花糖、冰激凌、白牡丹。云流动快，夸张为惊涛、洪流、瀑布、骏马……

还有多少东西可拿来比喻呢？

最后，人词穷了，不比喻了，直白地感叹：呀，深圳的云，真好看，真壮观，和其他地方真不一样。在朋友圈里，刷屏晒"深圳蓝""深圳云"，已只是寻常。

一城繁华，人间百态，深圳的云，都不管不顾，且自继续任性地变幻着自己的色彩和形状。

初夏时节，傍晚时分，从西南面伶仃洋方向，时常会吹来几块云团，或茄紫，或墨蓝，或昏黄，朝东北方向流动，云片不断稀散剥离，在城市中心区上空恣意挥洒，形成一幅巨型水墨画，蔚为壮观。风吹云动，云块悬浮空中，潇洒地飘移，画也在动，直到飘向远方，彻底消散。

城里的人，奔波辛劳一天，会累。深圳的云，精彩一个白天，犹不觉疲倦，哪怕没有观众，晚上，它依旧在天空中傲娇。

夜空深蓝，白云漂浮其间，似海上的冰山，其实，它比冰山要灵动多变。星星闪耀，云团倏尔飘近，星星先还挣扎，很快不见了。月亮出来，给近旁的云朵镀了光，天空中一幕幕彩云追月。飞机嗡叫着，夜行灯闪烁，消失在云海里。一种闪光的风筝，直接挂到了云团上，似云的眼。

多雨季节，乌云三天两头在深圳上空表演。

经常先还是蓝天白云，刮来一大片浓云，很快将太阳遮住，白云染成了灰黑，噼里啪啦，电闪雷鸣，暴雨就哗哗下开了。暴雨前后的云，或浓黑，或灰白，挟着浓厚水气，似汪洋恣肆，大河奔流，波谲云诡，气象万千。

雨后方晴，头顶尚且云水蒙蒙，远处已丝丝放晴。站在山顶远望，云层开处，黄白和紫灰交织，碧空层层浮现，如荒漠高原上数团湛蓝的湖泊。这会儿，云团成了底幕，成了主角，天的蓝，便只是云层间的点缀。

倘我为云，当如深圳的云，春夏秋冬，阳光风雨，每次出现，均当任性恣意。

写于 2015 年 6 月 4 日

一湾鸟

那天清晨，是为看日出，才赶早去了深圳湾。不成想，却看到了一湾的海鸟。

鸟就近在岸边。海水退潮了，岸上露出片片湿乎乎的滩涂，还有黑色的礁石。许多鸟儿，聚集在滩涂上觅食嬉戏。稍微谨慎点的，或是感到害羞的，站在才能没脚的浅水里，离岸也不远。没有风，深圳湾内水波不兴，浅水里的鸟儿安然宁静。

最多的那种鸟，细长腿，白羽毛，长脖子，长嘴巴。我不认得，以为是天鹅或者海鸥，听人说了才知叫小白鹭。哦，小白鹭！它们不怕人，离人只两三米。有的正低头在泥沙里觅食。有的站在石块上，缩着脑袋，发呆，或打瞌睡。更多的，不时展开大翅膀，不飞高，也不飞远，原地起起落落，专为人们表演似的。

一帮观鸟的人，聚在岸边。照相机、摄像机，手里端着或支架撑着，长枪短炮都对向鸟群。这些人大约是专门来拍摄海鸟的，装备高端不说，还带着小板凳，耐心蹲坐着，等待鸟儿展现最精彩的一瞬。拍摄海鸟，在他们口中，都说成"打鸟",想必是他们的行话。

人群里有许多如我这般的,偶然来到深圳湾,突然看见这么多鸟,便兴奋地拿手机拍照。当有人举着手机,意图向鸟群再靠近些时,专业摄影者就略显生气地提醒:别往前靠了,小心吓跑它们。当有人询问那些与小白鹭明显不同的鸟是不是红嘴鸥,专业摄影者也很不耐烦地答复:问那么多干吗?小心说话吓着它们。

小白鹭的胆量超乎人们的想象,它们一点没有要飞走的意思,还等着人给它扔食物吃。那些专门来"打鸟"的人有的带了面包来,隔会儿就揪一把面包,揉碎,洒向鹭群上空。白鹭立时竞相展羽亮翅,飞起抢食。人群这边一阵惊叹,相机、手机"咔咔咔"齐声连拍。抓到好镜头的人,回看照片,脸上有掩饰不住的快乐。

偶尔,会有两只白鹭,飞起到一人多高,面对面,舒翅伸腿,引颈仰脖,对峙数秒后落下。它们究竟是一对相亲相爱的"恋人",专门飞出鹭群来秀恩爱的,还是为了争抢食物发生争执,跳出来"单挑"的?没人说得清。双飞双落,倒为摄影者留下了难得的精彩镜头。

沿岸滩涂上,白鹭飞舞,羽光闪烁,但有股海水的咸腥味。鸟看够了,照片拍多了,就想离开。沿湾畔西行,能看到近岸海水里凫着不少黑色的鸟儿,都碗盆大小,不知是寻常野鸭还是琵嘴鸭,或者是其他什么水鸟。望去,几乎看不到它们在游动,有的把脑袋扎进水里,不细看会误认为是几块石头露出了海面。

天空中,不时,会有几行黑色的鸟儿,排成一字型、人字型,或以其他队列形状快速飞过。最壮观的是无以计数的点点海鸟,前后几无间隔,从对岸香港那边陆续飞来后,不知去向。也不必管它们到底是鸬鹚还是苍鹭,让人震撼的，只是它们组成各种不规则的造型，在深圳湾早晨青灰或橙红的天空，一次次划过。

深圳湾畔，跑步的人们络绎不绝。日出东方，海面的霞光橙红瑰丽。在我眼中，清凉舒适的晨光里，最自在的，只有这一湾鸟。

写于 2017 年 2 月 7 日

城山两相依

　　深圳多山，这点很对我的胃口。我一直有种意识，认为城市里如果有青山拔地而起，人们围绕青山生活栖息，那这座城市就完全只能用"华丽"二字来形容了。在城中有山的深圳，每每抬头看见青山，我心中都会生出满满的愉悦。

　　这里的很多山，像莲花山、笔架山、小南山……就坐落在市中心。一个地方有山并不奇特，难得的是山和城完全融为一体。山绕着城、城绕着山，山后有城、城后有山，山城两相依。如我前面所说，何等的华丽！

　　山都不算高，城市正中心的莲花山最高处海拔也才80多米，但逶迤铺陈开来方圆却有三四里。城市里的山，太高，遮挡视线；太大，占地方，会给人造成不便。如莲花山这样的高度、大小，正恰到好处。

　　山上绿树蓊郁，四季常青，有花鸟、溪泉相伴。得个空闲，抬抬脚，人们就可爬到山上。在深圳，最普及的运动项目当属爬山无疑，老少皆宜，想爬就爬。如果觉得爬市中心这些小山不给力，那就爬海拔近千米的梧桐山去。也不远，就在市区东边上。

我寓居的住所后只二十米左右，有青山一座，叫梅林山，估计海拔不会超过 200 米。花半个多小时，无须费多大力气，就可以登到山顶。山顶有观景台，两层高。登上去可俯瞰东侧的梅林水库、山下的街道和高楼，还有城市中心绿宝石般的莲花山、笔架山……景观很不错。

站在山顶，依稀还可以听到山下的市井喧嚣，几缕带着绿意的山风轻轻一吹，人立马会生出超然世外的感觉。指点着京基一百、地王大厦等摩天大楼，辨认着北环大道、深南大道等主干道，想着数十年前青山间的这块山岙，还只是片片良田或鱼塘，人不由得就会生出沧海桑田的感慨。

自古人们都喜逐水而居，可人们对青山的喜欢和向往似乎从未停止过。要不李白也不会感叹"相看两不厌，唯有敬亭山"了。为了既享市井繁华，又享山水之乐，不能随时亲近青山的古人们便在园林里建造"假山"，力图营造些山水乐趣来。现代都市里的人们，不也动辄要到野外去寻山水之乐吗？

城市里的青山，让人休闲健身，更让人放纵心情、飞扬思绪。青山近在咫尺，我觉得是莫大的福利。在来深圳周年的日子，我拿青山做比喻，模仿古诗写了首打油诗自娱："去年今日此城中，人面青山相动容。人面依旧在此处，青山妩媚增几重。"工作疲劳时，我会站到窗前，与百米开外的莲花山相望，同样的"相看两不厌"。

也有人不理解青山在城的好。我一老乡对深圳的看法是，"以前想着深圳多好呢，去了，净是些山疙瘩"，听后我有点哭笑不得。这位老乡可能认为遍地高楼大厦、柏油马路才叫大都市。而在坚硬冰冷的城市中生活的人，心中渴望看到的，却是柔软和妩媚的青山。

写于 2013 年 10 月 20 日

烟云梧桐山

出弘法寺，步入寺院边的山道口，我开始登小梧桐山。走了大约百多米，天就下起雨来。

那雨来势强劲，敲得满林树叶洒洒作声。雨点打在伞上，"砰砰啪啪"似密集的鼓点。山道上，游客寥寥。一陡峭处，有对青年男女在伞下激吻。梧桐山腰，雨中浪漫，也是难得一遇的景象。

行到平缓地带，我驻足向下观望。近处是郁郁葱葱的山峦，起伏三两下，便扎入了深圳水库灰色的水面。西北边大概没下雨，漫天灰白色云彩如高峻的山脉，雄峙在水库边。靠西南面，云气烟波里的山峦、高楼，由云彩低层的一带烟灰白衬托着，影影绰绰，如梦似幻。

再走三四分钟，雨停了，水库西北方向那道云筑的山消失了。西南面大团灰白色的云气，裹挟着一股浓烟般的乌云流向东北方向，注入北面黑灰色的云层里。刚才虚实难辨的青山、高楼、水面，这会儿都变得清晰了。

雨水洗过，满山的绿也分了层，由近及远，嫩绿、浓绿、青绿、灰绿，依次陈列，染透了梧桐山的沟沟壑壑。绿林从中，弘法寺那片黄色琉璃瓦顶格外醒目。

　　又是一阵急雨。待我登至观景台，雨基本停歇。这里视野比较开阔，水库、弘法寺前的仙湖，尽收眼底。西南面的云已彻底变白，如海上掀来的巨浪，奔腾着驱赶浪前方的乌云。乌云被逐往东北方向，聚成了堆。白云缝隙间露出几片蓝，似雪域圣湖。白云下面，楼房错落起伏，看得清城中第一高楼。

　　观景台上，一位湖北来的年轻姑娘和我闲聊几句美景后，先往山上去了。我突然觉得身边极其安静，才发现，那对中年男女在比画手势，原来他们是聋哑人，应是夫妻吧。他们指点着与青山、水面、城市连成一体的云层，林海上升起的袅娜云烟，用手机相互拍着照。大美无言，大爱希声，真应了此情此景。

　　往上，到了"仙洞"，洞口攀爬着几缕藤蔓，刚能容一人进入，望不见底。那位湖北姑娘已在洞口，说刚才有人进去，她要进去看看，问我进不。我笑着摇头，心想现在的年轻人胆子好大。待她进去几分钟后，我吆喝几声，没动静，想或许有另外的出口吧。沿着山道走了一会，果然有出口。

　　走着走着，雨又来了，而且下得更大，便与七八个人一块在追月亭里避雨，亭子太小，雨水斜打了进来。询问在此卖水的小贩，得知小梧桐没多远了。索性打着伞，冒雨往前。有两个年轻人，不打伞，直接在雨中往上狂奔。

　　快到山顶，雨停了，云气很浓，梧桐山电视塔的塔尖直插云天，像科幻片里的探测仪，有点高深莫测。山腰云岚缥缈，俯瞰依稀能见水库，还有山麓的房舍。

　　绕过电视塔外的绿围墙，到了东边的倚天招凤亭，云烟白茫茫一片，只能看见近处的人、树、亭。阵阵山风吹来，不凉，但风力挺大，吹得草木纷纷南斜。原以为劲风吹过，烟消云散，东侧山脚下大鹏海湾、盐田港的景观就显现了，过了好一会，云烟丝毫没有消退的迹象。那位湖北姑娘说，这里什么也看不到，灰茫茫的，有点小恐怖，先下山去了。

过去，我曾两次从梧桐山北侧的泰山涧登山道，登顶距此不远的大梧桐，那里海拔 944 米，是深圳最高峰，因每次登山都是晴天，看到的都是白云悠悠还有山东侧大鹏海湾的浩渺碧波。小梧桐山虽只 692 米，此次登山，借着降雨，倒真正让我领略了深圳八景之一"梧桐烟云"的大美和多变。

下山途中，天已放晴，梧桐山上的烟云，又该变幻成另外的景象了。

写于 2015 年 6 月 29 日

榕树下

　　榕树名气多大呀！有太多文字描述过它的枝繁叶茂、独木成林，它的灵秀神奇、荫庇乡里。福州因榕树满城，老早就有"榕城"的美称了。还有那个著名的"榕树下"论坛，也赋予了榕树满满的诗情画意，让人心生遐想和向往。

　　遇到大榕树，站在榕树下，绿荫遮天、凉风习习有木有？肯定有的。枝叶馥郁、神清气爽有木有？也是有的。与此同时，树上那片黑压压的气根，带来了吃惊和震撼有木有？那必定也是有的。

　　树若分男女，榕树毫无疑问属于男性了，而且还雄性荷尔蒙指数爆表。不管沧桑持重还是少年老成，榕树的大小树枝上都垂着密密麻麻的气根，被视作它旺盛的"胡须"。

　　那些气根，"飞须"三千，争先恐后在树冠下、人头顶形成一片"吊顶"。其颜色，当然可以用"黑压压"整体概括，细看的话则还是有差别，很多气根呈红棕色，似焗了棕油。几阵雨后，气根末梢生出无数白嫩的新芽，指头长短，蛇信子般，使劲上昂着，尖上衔着的雨珠晶莹闪烁，有风吹过，气根飘扬晃荡，雨珠"啪嗒啪嗒"落在人头，惹得行人不时"呵呵"。

从层层绿叶后垂下的气根，根本找不到出处。低枝上的气根，有的大约长得久了，上部硬化成小杈枝，如一条马尾巴，拖着些长长短短的小气根，缠来绕去，自个把自己辫成了一绺辫子。即便那些柳丝般根根孤立的气根，大约因拂到了行人的头，也被好事者给辫成了辫子。于是乎，榕树那万千的气根啊，经常绺绺、撮撮、股股、条条地纠缠着，难舍难分。

靠近树干的气根，近水楼台，扎入地面后不断生长壮大，粗粗细细、歪歪扭扭、曲曲直直地相互连接融合，相依相偎，聚成了团或捆。如此，想确定榕树的主树干，有时候完全是不可能的事。即便那些树干相对单一、笔直的榕树，树上也爬下不少或细或粗的气根，像丝线或缰绳缠绕捆绑着树干。其形其态，怎一个"纠结"了得。

更为纠结的，是榕树的树根，那交错纠缠的阵势，真叫人叹为观止。莲花山公园风筝广场边上，有两株榕树，树根裸露出地面，以孔雀开屏的阵势，从树干底部四面扩散。灰白色树根交织盘结，蛛网般胶着，覆盖了三四个屋的面积。我拍照发在空间，家乡从未见过榕树的外甥都惊叹："好多的根"。

蛇口左炮台的炮楼城墙上，有两株古榕，扎根在城墙上，上百年树龄了，仍然蓊蓊郁郁，生机旺盛。两株榕树的根和墙砖融为一体，虬根盘结，如飞瀑悬挂，气势激越磅礴，真可美其名曰"榕根瀑"。

若没有这"纠结"的气根和树根，凭它的广袤树冠、婆娑枝叶，榕树"颜值"定会嗖嗖上涨，用谦谦君子、玉树临风形容都不为过。可在多台风、多暴雨、强日照的南方，榕树正是靠了这纠结的根才牢扎地面吸取养分水分，撑起浓浓绿荫、遮风挡雨、护佑乡土，让人们在榕树下闲话、下棋、吃饭、纳凉……

榕树旺盛的生命力，让它成为南方人心中的神灵。在寺院、古城，常能见到挂满红布条、许愿灯的古榕树，是人们在向榕树祈福。村庄里，榕树下如果放置有香炉、碑位，那这株榕树定是村庄的守护神，被作为"神树"来祭祀朝拜的。

在深圳，虽少有那种方圆近十亩的超级大榕树，但榕树实在不少，庭院、小区、街道、公园、山林里，处处可见。有种不辨真伪的说法，深圳曾先后把荔枝和红树作为市树。这颇叫人奇怪，为何不拿榕树作为市树呢？榕树"榕"纳一切的气势，不正契合深圳开放、包容的城市形象吗？

更重要的，榕树那丛生的气根多像来深的漂泊者啊，大家都在努力奋斗生长，有的人触到了大地，扎下根，就留下了；没扎下根的人，终究只是树上的气根，心，始终在随风摇荡。

写于 2015 年 7 月 3 日

牡丹和簕杜鹃

很多城市都有市花。目前为止，洛阳和深圳是与我关系最密切的两座城市，两者的市花分别是牡丹和簕杜鹃。

牡丹国色天香，雍容华贵，古往今来赞咏它的人，海多。洛阳人见惯了奇葩，其他花儿多半有点不入眼。像簕杜鹃，细究起来，较真的人就会觉得，它根本不能算作花，它梢头那红艳艳一片分明是叶子，它真正的花儿躲在红叶里，细小、素淡，很不起眼，连花梗，都是与红叶中脉合生着的。

簕杜鹃确实是这样子，人们说它开花了，其实是在"指叶为花"。它最漂亮的是枝头那三枚卵圆形的苞叶。不同于下部的绿叶，苞片多红色、粉色，偶尔也有黄、白、紫等色。苞叶内那不起眼的小花，人不走近了细心去看还真难以发现。时间久了，人们干脆将错就错，习惯了把鲜艳的苞叶当成它的花。

花和叶的形象错位，并不影响簕杜鹃的美。它的枝条柔韧，造型多变，可以是路边花圃里低矮的灌木丛，也可是墙头垂下的细柳条，还可以是木棉树旁攀援的凌霄花。于是乎，当它红色的"花儿"轻盈娇柔地盛开枝头时，人们会看到：绿色灌木带上浮着层红色的浪，护墙上挂着带红色的瀑，高枝上栖着片红色的蝶。它那么美，难怪还有"三角梅""九重葛"等芳名。

或者，簕杜鹃最美的时候，还不是这红花波起浪伏的场景。它的美，可能是临街人家阳台上，迎风摇曳着的那一抹红；行人无意间抬头，冷不防瞅见，心就会荡漾一下，颇有那么点"一枝红杏出墙来"的意境。又或者，它的美，是都市夜归驱车行经立交桥拐弯处，车灯映照桥栏侧旁垂下的花帘，默念"故烧高烛照红妆"时，心中涌起的那一丝暖。

不知是否有愧于自己是"以叶作花"，要弥补先天的不足，簕杜鹃开起花来，完全是一种不知疲倦的架势。春天里，它旺盛地绽放，其他季节里，枝头上也零星闪烁着它们的影子。"苔花如米小，也学牡丹开。"簕杜鹃真正的花儿，米粒大小，色香平平，几可忽略，叶子可能着急，就使出劲儿来帮忙，一使劲，就在这花木繁多的南方开出了一片天地。

这种劲头，和洛阳牡丹蛮像。关于牡丹的诸多传说中，"武则天贬牡丹"的故事广为人知。武皇令百花隆冬绽放，独牡丹不从，因此被贬谪至洛阳。我猜想，故事里那些屈服于武皇威严的百花中，未必会有簕杜鹃，簕杜鹃扎根在南方，在北方野外根本无法生存。牡丹和簕杜鹃，骨子里的气节真有那么点相通。

为弄清簕杜鹃的象征意义，我专门去问了下"度娘"，簕杜鹃的花语是"热情，坚忍不拔，顽强奋进"，还有就是"没有真爱是一种悲伤"，牡丹的花语是"圆满，浓情，富贵"。这样看来，感觉两种花放一块挺有意思，如果说簕杜鹃象征奋斗和追求，牡丹则寓意美满的结果和归宿，也符合牡丹花中之王的地位。

写于 2014 年 4 月 7 日

深圳的"关"

初到深圳的人，或许会惊诧于深圳竟有这么多的"关"：梅林关、布吉关、南头关……非但如此，"关内""关外"还是深圳人经常挂在嘴边的词汇。听多了，就让人觉得"关"的内外，仿佛真是云壤之别的两个世界。

一个"关"字，也容易让懂点历史或读过武侠小说的人神游九州，想到函谷关、玉门关、山海关等天下名关。这些名关蕴含着的是一夫当关、万夫莫开，是烈风黄沙、恩怨情仇，是金戈铁马、家国山河……也因了这众多名关，"关"字便满浸着历史的尘埃、岁月的风霜、时世的沧桑！只是，这一切会和年轻的深圳相关吗？

向早些年来深圳的人打听，他们多会很有经历似地告诉你：现在来深圳很自由，以前可不是这样，那时来深圳需要办边防证，入关需要接受检查的。为入关经历过苦痛的人，还可能会抱怨这些关卡的可恶。他们的痛苦经历，甚至是同已渐被人们淡忘的"收容""遣返"等制度联系在一起。

深圳这些"关"的所以然，也没几人能完全解释清楚。不过打听下来，你还是会恍然大悟：原来深圳的"关"与历史、武侠并不搭边；原来大名鼎鼎的深圳经济特区的范围和深圳完全画等号，只是近两年的事。这些关卡先前隔开的，正是特区内外。

即便现在深圳经济特区的范围已扩大到了"关外"，"关"内外的差异仍相当地明显。直入"关内"的人，初见深圳特区的高楼林立、车流人流，肯定会止不住感叹：特区就是特区啊！可某日经梅林或布吉出了"关"去，则会产生大大的失落："关外"的城市面貌，竟和普通内陆城市差不多。

隔开特区内外的这些"关"，深圳人习惯统称它们为"二线关"。如果你执着地发问下去，那也该有"一线关"啊，在哪里？估计更没几个人能说清楚。

在网上查找，你就可能明白深圳"一线关"的所指——粤港边境管理线！只不过，"一线关"上没有叫"关"的，都叫"口岸"，像皇岗口岸、罗湖口岸。别说，"口岸"听起来，比"关"是要洋气点。那些出入境口岸，都通向与深圳毗邻的香港，口岸的数量好像也是全国城市中最多的。

如今在深圳，"一线关"少有人提及，却仍在那里坚实地扎着。"二线关"深圳人还不停地说，可已形同虚设。过"二线关"真的不需要履行检查手续了。一些设在交通干道上的关卡，因为阻碍交通，还面临着被拆除的命运。

这些有点形似"柏林墙""三八线"的"关"，曾将深圳一分为二，而当初设"关"的目的，却是为了改革开放。开放与关卡，就这么奇特地结合在了一起。无论这些"关"的功过是非和最终命运如何，它们所承载的那段独特经历和记忆，则永远无法从深圳和我们国家的历史中抹去。

写于 2013 年 3 月 10 日

食尾牙

春节临近，每到晚上，深圳很多酒店的大堂里流光溢彩，人声鼎沸。入口处挂着横幅，或支着海报，写着：某某集团年终答谢会，某某公司优秀员工表彰会……行人路过，心里就会思量，自己公司是否也该食尾牙、开年会了！

食尾牙的习俗北方人或比较陌生，在广东、福建、台湾等地则相当受重视。"做牙"是旧时商家祭拜土地公，祈求生意兴隆的仪式，农历二月起的每月初二、十六举行，二月二为头牙，腊月十六为尾牙。祭祀完毕，那些祭品就分给所雇的伙计吃，因此也便有了"打牙祭""食尾牙"等词。

如今的公司，当然不会再搞旧时那种祭祀仪式了。因临近年关，食尾牙逐渐演变为公司的年终总结会，日子也不再固定为腊月十六这一天。食尾牙的员工们，不用像旧时打工伙计们那般，"吃尾牙，看鸡头"，提心吊胆地根据鸡头的朝向判断谁被辞退了。现在的老板要炒谁鱿鱼，没必要等到年终。

但凡团体机构，一般都会搞年终总结会犒赏员工，捎带聚餐，大家 happy 一下，算是对过去一年的交代。可能是经济比较发达，又受食尾牙习俗影响吧，深圳办年会的风气似乎更浓些。酒店里大张旗鼓办年会的，多是些非公企业。

年会上，肯定有领导要致辞，总结公司成绩，感谢员工们的付出。这些冠冠堂皇的话并非参加年会的所有员工都爱听，红包却人人都喜欢。前些年，济南一位售楼小姐拿到的 500 万年终奖，没人敢去梦想；某游戏公司设置的"女优年终奖"，则有悖常情。不过，无论钱多钱少，个人能拿到红包，也算得到了公司的肯定，值得高兴。

拿年终奖要看工作表现，抽奖则全凭个人运气了。奖项设置未必很高，要看老板的慷慨程度，从几百到几千元的奖金都可能有，或者就是些豆浆机、电磁炉之类的家电用品。尾牙本来的主题就是祈愿，谁若在看年会节目演出的间隙抽中大奖，就算抢到了好兆头，会乐得长时间忘不掉。

也有让人啼笑皆非的红包，近期流传一则趣闻，说是在台湾有员工在年会上抽到 10 万现金红包，摸起来厚厚一叠，开心得合不拢嘴。然而打开一看，里面竟然是 10 万柬埔寨币（约合人民币 173 元）……真不知道，这名员工该作何感想。

尾牙宴上除了欢声笑语，也少不了各种明暗较量。人在职场，平时难免会有些摩擦抵牾。年终这场公司的大团圆饭，就成了没有硝烟的战场。职场即是名利场，诸般小心思，浮世众生相，都在宴席上尽情上演。

女员工端着酒杯，在宴席上蝴蝶般穿梭，给这个斟酒碰杯，跟那个贴耳私语。男员工们当然也不逊色，有的酒杯一碰泯宿怨，有的旧恨未了又添新伤。无论男女，当中都有"厉害"角色，借着酒劲，逼着领导喝他敬的酒。领导在这集体狂欢的场合，也只有苦笑着喝下。

尾牙宴的菜肴里，有道白斩鸡，旧时既用来祈福，又用以裁人。现在公司年轻的员工们肯定不会再介意和关注鸡头的指向，甚至忙于酒桌上的答谢应酬时，都未必顾得上动筷子去吃一口。也没人是会奔着吃东西去的吧？那些酒菜再丰盛，终只为做好尾牙宴这个局而已。

写于 2013 年 1 月 12 日

派利是，逗利是

过年的时候，长辈给小孩发压岁钱，是很多地方的一道传统年俗，人们都很熟悉。不过，广东人发压岁钱的习俗，却很有点与众不同。

可能是深受香港的影响吧，"老广"们的压岁钱，一般不会直接"赤裸裸"地给，而是装在红包里，美其名曰"利是"。"利是"这个词，也可写作"利市"或"利事"，据说历史很悠久了，古书中就有"营商利市，营达利事"的记载，表达的是人们祈求好运、祝愿顺利平安的美好心愿。

装压岁钱所需的红包，旧时候人们都是自己用红纸裁剪、粘制，现今则省事多了，过节时市场上红包也是种年货，大量供应，直接买来即可。而且，过年时红包也不再叫红包了，叫"利是封"，红包封面上多印着代表"吉祥如意""鹏程远大"等祝愿的图案和词汇，给人们增添着节日气氛。

不少喜欢赶时尚的广东人，更乐意把发红包说成"派利是"。一个"派"字，会让我们想起商家经常挂在嘴边的"大派送"之类广告词。你别说，广东人"派利是"的阵势，和商家的大派送真有那么点相似，基本上是逢人就发。

我说逢人就发，你可千万别以为广东人已经慷慨到红包里装的全是百元大钞。红包里过去装的也就一元、两元，现在则多增加为十元、二十元。打算给亲近的人派送的红包，里面的钱则可能会多些。发红包者其目的并不在于给多少压岁钱，而是追求"多发多发"，在派发过程中期盼发大财、交大运。

有人"派利是"，就有人"逗利是"。认识不认识的，只要你还没结婚，只要你能拉下脸面，在广东都可以向已婚人士讨红包，不用去管对方年纪比你大还是小，职务比你高还是低。见了面，说上几句"恭喜发财""步步高升"之类的好听话，立马就会有"红包拿来"。

春节后一上班，不少单位未婚的年轻人，就会组团去"逗利是"。本单位内那些已婚人士自不必说，那是铁定要被"扫荡"的范围，更神奇的是他们还可以到其他单位、公共服务场所去，四处找人"逗利是"。

城市里的写字楼里聚集着多家公司企业，更给人们"逗利是"提供了极大便利。喜欢凑热闹的年轻人往往逐层"扫楼"，见人就喊"恭喜发财"，结果也会收获颇丰，运气好的话，斗个几千元钱都有可能。所以，节后上班，很多已婚人士口袋里都要准备好大把红包，以免有人在向自己讨要时陷于尴尬。

"派利是""逗利是"本是皆大欢喜的事情，过年的时候，大家也就图个喜庆，可也有人会在此时发愁。深圳大龄未婚人士比较多，当有年轻的已婚人士主动给"派利是"时候，大龄未婚者脸面总会有些挂不住。可有什么办法呢？也只能嘻嘻哈哈一下，接过别人的利是了。

过年了朋友，恭喜你发财！恭喜你精彩！

写于 2014 年 1 月 24 日

大鹏所城随记

昨夜下了一场暴雨，这会儿天依然阴着。灰白色天幕下，碧海青山间，已有六百多年历史的大鹏所城，如同一位久经沙场的老将，威严地伫立着，凝重且直接。

是的，把大鹏所城比喻成将军，才契合它的身份。与凤凰、平遥等古城不同，大鹏所城系明洪武年间，朝廷为抗击倭寇而设立的海防要塞，全称"大鹏守御千户所城"。明朝在军事上实行卫所制，各军事要塞建有卫城、千户所城、百户所城等，大鹏所城即为广东沿海所城之一。

大鹏所城，确也像极了沙场老将。在所城南门，灰褐色的城楼展翅欲飞，似将军保家卫国的雄心壮志。青灰色的墙砖是将军的铁甲，历经风雨剥蚀，虽浸染了大块的鹅卵白、铁锈红、烟熏黑、苔藓绿、水痕褐，仍气势凛然，吸引着人们穿过并不高大的城门走入所城。

城很小，东西345米，南北285米，街道狭窄逼仄，估计不足三米。来之前，若听说过"沿海所城，大鹏为最"的赞誉，还有其深圳八景之首的地位，知道深圳"鹏城"之谓即来源于此，定会对大鹏所城如此小的规模感到意外和失望。

小点又有什么妨碍呢？大鹏所城的古意，不加掩饰地摆在那里。长条形青石板顺着街道方向齐整排列，雨水洗过，石板缝隙间的灰浆线异常清晰，有的还长着几撮青草，人走在上面，像踏入了历史的宫格。

街道两侧民房陈旧破败，这反倒更有带入感。白色灰浆墙面雨打风吹后，烙下大团湿痕、霉黑、苔绿，也没人想要修缮美化，一任那样晾着。站在城楼上看，城内房舍的灰色瓦顶经年被雨水冲洗，都泛着一褶一褶的白。

南门街两侧的小贩，躺在小摊位后懒洋洋打着盹。几家甜品店、民宿客栈低调地夹在民舍中，毫不起眼。有妇人看着孩子在街上骑车，默不作声。一间陶艺馆传出幽咽的陶笛声，如绝如缕，似有还无。民舍墙头内露出的紫薇花，巷口闲坐的老妇人，三两晃荡、拍照的游客，都不约而同地安静。

城内古迹不少。作为南国海防要塞，大鹏所城涌现过不少勇士战将，最有名的当属鸦片战争时期的名将赖恩爵。在大鹏所城，赖氏"三代五将"已成美谈，居于赖府巷内的赖恩爵"振威将军第"，是城内保存最为完整的古迹。再有就是清朝水师名将刘起龙的"将军第"，刘氏"父子将军"也是佳话。

北门广场处的凤凰古树，树下一地落红，树上红花成簇。东门外的古榕传说是赖恩爵将军在九龙海战前夜亲手种下，战事获胜后专门建庙供奉，百多年后，庙已无存，古树成了善男信女们的"许愿树"。东城门北侧一段草木笼罩的土垣，是大鹏所城仅存的古城墙遗址，聊以让人追忆。

从大鹏所城出来，穿过一条马路就到了较场尾。较场尾是大亚湾海边的渔村，因位于大鹏所城驻兵的西较场遗址旁（尾部）而得名。旧村经过改造，民房绚丽多彩，造型别致，成了游人络绎的特色民宿风情小镇。

吹着海风，领略着较场尾的"异域"风情，不由让人感叹，中西万里，古今百年，在大鹏所城只是一步之遥。

写于 2015 年 5 月 27 日

漫步中英街

　　小时候听大人们说起中英街，因不了解香港历史，我无法理解为何人们只走一道街就可以从中国进入英国。近三十年后，香港早已回归，中英街的名气似乎也大不如从前。来深圳工作后，我申办了港澳通行证，去香港玩耍很方便，到略显偏远的中英街反倒有些不便。此次前来，权当圆少时的一个梦吧。

　　要进入中英街，港澳通行证不能使用。在公安边防办证中心外，经过约二十分钟的排队等候，我终于进入办证大厅。递上身份证，交十元钱，工作人员很迅速地给我办理了一张边境特别管理区通行证。拿着证件进入沙头角关口二楼验证大厅，排队待边检审验后，我算是过了关口。

　　通关后，我先站在关楼平台俯瞰中英街。身边恰好有导游在向游客讲解购物注意事宜，断续听到他说中英街内手机等电子产品非常便宜，比内地市场的价格少个上千元都可能，因为这里面的商品都是免税的……不过，看到下面狭窄逼仄、人头攒动的中英街，我心里却略微有点凉：呵呵，中英街原来是这个样子，还没有我小时候去赶集的街道宽阔。

　　下了关楼过座小桥，我看到一块方形石碑，表明中英街界碑被列为广东省重点保护文物，背面文字介绍了中英街内界碑的历史由来。1898 年，中英两国签订《展拓香港界址专条》，英国强租新界地区。次年 3 月 18 日，双方勘定新界北部陆界，中英街内由此保存了八块界碑。

这倒让我惊奇，想不到此处竟然有历史的遗存。在中英街内，我一次次审视、抚摸那七块及膝高的方柱形石碑（第八块在桥下面）。界碑经风雨剥蚀，朝深圳一面刻着的"光绪二十四年，中英地界第 X 号"以及朝向香港一面的英文标识，都已略显模糊，无声诉说着这些石碑经历过的沧桑。

中英街南北走向，长不足半里，宽不足五米，界碑东、西两侧分属深圳、香港，"一街两制"，被称为"特区中的特区"，位列深圳八大景之中。街道两侧店铺林立，香港一侧店铺招牌多用繁体字，这不奇怪；出乎我意料的是，香港一侧店铺大多低矮破旧，还向外伸出不少雨搭。深圳一侧却是店面宽敞明亮，且多为二层新楼。两侧店铺里的顾客都不算少，但相比较还是香港那边更多。看来香港对不少人仍有吸引力，虽然这里已是香港的边缘地带了。

街道中段四号界碑处有株古榕，是中英街一大奇怪。标识牌介绍此榕树栽种于清光绪十四年（1888 年），已是百年老树。古榕树虬根盘结，牢扎在深圳一侧，枝叶繁茂婆娑，覆盖在香港一侧。此种形态，在香港回归祖国前，很自然地被人们解释为"根在祖国，叶覆香港"。街北段靠深圳这侧的一口古井，据说凿于清康熙年间，算来也有三百多年历史。与古榕一样，古井也被升华，寓意为"同走一条街，共饮一井水""饮水思源"等。

中英街已成为深圳市文物保护单位，中英街最南面一号界碑附近，深圳市政府所立石碑背面的碑文介绍了中英街的由来。19 世纪末，英国强行租借新界后，将沙头角桐芜墟西侧的小河划为界河，树立界石，后河流干涸，当地村民在界碑两侧填土整基盖屋做生意，形成中英街雏形，后来逐渐繁荣至今。

距离一号界碑不远，建有警世钟厅，镌刻记载着那些影响香港和中英街的重大历史事件。警世钟厅东面，中英街历史博物馆外侧墙壁上，也镶着银色大字："3.18沙头角勘界日"，提醒人们勿忘历史。博物馆内是一些历史教育、民俗风情展览，我印象较深的是一张旧照片，上面有两位荷枪实弹的中、英士兵，在界碑东西两侧对视，有点虎视眈眈的感觉。

对峙，早已成为过往。可在中英街范围之外，游客仍然不能自由出入。看到香港那侧与中英街交叉的胡同内房舍破旧，我想要入内探看，却看到了一块警示牌，写着："你已进入香港区域，如无合法理由进入或逗留香港，你可能会被拘控"，于是我立马止步。

在深圳这侧，我当然可以自由活动。逛完中英街，我将沙头角镇差不多转了个遍。与中英街上的熙攘喧闹不同，小镇内街道整洁，房舍规整，绿树葱茏，安静雅致。这不正是我小时候想象中香港才有的模样吗？可这里属于深圳。

沧海桑田，时代真的不一样了。

写于2014年2月9日

观澜版画村

毕竟已到了深圳北部边缘，观澜版画村入口对着的街道颇像偏僻小镇上半土半洋的马路，行人不多，建筑凌乱，几家小饭店也难有什么可口饭菜，一个刻着"中国·观澜"字样的石墩上，正晾晒着菜叶子。除了大红木刻"版画村"的标志让人眼睛一亮外，一切都有些让人失望。

可一入村，里面竟然别有洞天。上百座客家古民居安详地扎在那儿，一色的粉墙灰瓦。这些民居建于清朝中叶到民国时期，很有些历史了。尽管前几年官方统一整修过，透过古井老树、斑墙驳痕、青板石道，依然能感到民居的古老和沧桑。

民居先前的烟火气息已不可寻，现今它们是闻名遐迩的版画基地。东边新围场村的80多座民居，开设了版画艺术家工作室、画廊，还有版画展览馆，聚集成了"艺术部落"。西边大水田村的20多套民居专供版画名家居住、创作，是一座"国际艺术家村"。

版画入驻古村，毫无违和之感。通过绘画、刻版、印刷制作的版画同样历史悠久。古时的木刻年画、小说插图即属于版画，只不过那时画、刻、印三者各有分工，刻版者照画刻版，难有发挥。随着技术进步，版画艺术家集画、刻、印于一身，更能发挥独创性，作品更富个性化、艺术化。

艺术从来警惕地与凡俗生活保持距离，并非人人能懂。那些或抽象或写实的版画作品，专业的版画制作工艺，还有凸、凹、平、孔四大版画种类，感兴趣的话，可观赏了解以悦目增知。不感兴趣，不必刻意强迫。艺术又悄悄融入了现实，在古村中行走，艺术带给这里的点点变化很容易就能捕捉到。

曲折逼仄的小巷起了带着古意的名字，叫春沐巷、夏漪巷、秋水巷、冬浥巷。这并非纯属附庸风雅。老屋前后，小院内外，芳草萋萋，四季桂香。葛藤若无其事地爬上了墙，修竹云淡风轻地招了个手。一二小亭长廊，三五石凳盆景，加上引来的流觞曲水，确也算得上清幽雅致。

未到周末的缘故，游客有点稀少，不少画室关着门。画室前，多有几盆花、几块石、几根枯枝。数间开着的画室，店主的猫在煦暖的冬阳里小憩，古朴外墙上探着大脑袋的"散水鲤鱼"羡慕得睁大了眼睛和嘴巴。室内陈设不多，除了墙上的版画作品，偶见画案、雕版机，而古色生香的茶几座椅，则似每个画室必备。

村子不大，经过荷花池、半月塘，到两座旧时保村护家的碉楼下仰望一番，好奇地走进凌氏祠堂、陈氏祠堂转转，漫无目的就走到了村东口。那里有片草莓园，正开花结果，有几个年轻人在采摘。草莓园边上是座不高的青山，听看园妇人说，那边是观澜湖高尔夫球场——一个不向普通人开放的高档5A级休闲景区。

回头看，版画村被绿树和修竹严实包围，一点也不显眼。谁能想到这里却是"中国版画原创产业基地"，承办着"国际版画双年展""中国原创版画交易会"等品牌活动。村北建有中国版画博物馆。小小的古村，已然是版画界的

"圣地"。

在版画村，不能不提观澜籍的版画名家陈烟桥先生。陈先生年轻时曾得到鲁迅先生的支持鼓励，版画造诣很深。虽已去世 40 多年，他的名声还在影响着观澜的版画业。这座客家古村落，因为陈先生，增添了许多人文底蕴。

回程经过观澜小镇，看到车窗外人流匆忙，楼房参差，立时让人留恋回味版画村的古朴和安宁，还有古村与艺术融合后散发的文化味道。艺术有点远，艺术又很神奇，可以让一座古村焕发新魅力。艺术融入人们的生活又会怎样？最起码，人们该不会时刻都在匆忙奔跑了。

写于 2015 年 1 月 24 日

大芬油画村

　　画在村中，村在画中。不了解深圳大芬村的人，来到这里，肯定要对这万千画作荟萃的绚丽场景感到震惊。

　　色彩缤纷的油画最多，它们挂在墙上，靠在墙脚，悬在店外，挤在巷道，风景、人物，乡村、城市，抽象、写实，巨幅、小框，应有尽有。也有不少国画、书法、刺绣作品，甚至瓷器，与琳琅的油画相互交错，把大芬村烘托成了一团彩云。

　　村内楼房大都七八层高，齐整排列。一楼店铺多开设画廊，位置稍偏的则制作画框，或包装、快递画作。终究是搞艺术的，楼体颜色温和悦目，店面装饰精巧别致，连同店内外摆放的画作、瓷器，令人在楼前房后窄窄的巷道中千回百折，流连忘返。

　　龙岗大道和布沙路车流汹涌，大芬村形如一尾多宝鱼，镶嵌在两条道路交汇的东北角。地铁三号线从村边经过时变为地上高架轻轨，能看到列车在轨道上繁忙奔波。轻轨、车流、高楼围合中，大芬村二百多栋"小矮人"般的楼房成为显眼的低洼地带，展现着大芬城中村的本色。

可在村中又很难找到多少城中村的痕迹。村口的"巨手握画笔"雕塑、断臂维纳斯塑像、"广交天下朋友"石刻，村中小街上和画店前点缀着的几处雕塑作品，村东时尚的大芬美术馆，村内上千家华丽多姿的油画画廊和工艺品店，还有"咖啡画馆"，都让人以为是走入了一座满含西洋艺术风情的小镇。

曾经，大芬也是个普通的南国乡村，毗邻深圳经特区二线关布吉关口。1989年，"大芬油画之父"、香港画商黄江先生到大芬开办油画加工厂，招募内地油画家来此作画出口，渐渐形成规模。发展至今，大芬成为"国家文化产业示范基地"，出口的油画占据了世界油画市场的60%以上份额，被誉为"中国油画第一村"。

天气暖和，画廊内外很多画工在临摹油画。他们或一手拿张照片，或对照电脑中的图像，一笔笔给画布上放大了的图案上色，身边还会斜靠着三两幅已经临摹好的相同油画。在他们，作画并不严肃。有人涂几笔，就放下画笔叨上几口饭。一处牡丹绣庄内，一女子边刺绣边看范冰冰的《武媚娘》，iPad斜靠在画布边架。

大芬油画村声名远播，常有游客来此观光，画工们早已习惯。站在他们身后看其涂色，询问他们完成一幅画大约需要多久，他们手不停，漫不经心地随口回答了。有画工介绍说，大芬像他们这样的油画从业者大约有6千多人，基本是外地人，大芬村原住民300多人，多搬到村外生活去了。

在一条小巷，数块一米见方的白画板顺次铺开，上面均有三枚残荷叶。画工正拿刷子挨个抹白色染料，好像说要拓片。他刷画板的样子，像粉刷墙壁的匠人。他和那些照图涂色的画工们，大概都只能算"画匠"。大芬村内应有不少高水平的原创画家，寻常又哪得见？世俗生活里，画作并非都是艺术，更多是装饰品而已。这些"画匠"是装饰品流水线上的手工作业者。

华灯初上，街头巷尾有年轻人掮着画框走过，有小孩子的欢笑打闹声响起，有推车卖水果蔬菜的在上秤称货。兰州拉面馆、武汉热干面馆、露天麻辣烫等几处摊档食客多起来了。大芬油画村内，流淌着一股浓浓的烟火生活气息。

写于 2015 年 1 月 31 日

弘法寺

弘法寺很新，寺内的绿树黄瓦、白墙红柱、匾额佛像，找不到一丝沧桑厚重、陈旧斑驳的痕迹。

它的历史太短了，从建成开放至今，方才二十余年光景。深圳又多雨水，寺院的大殿屋舍、台阶地面、绿树修竹被冲洗得出奇干净。人每次踏进寺院，都如步入了一个簇新之境。

佛不分新旧。虽非千年古刹，弘法寺的吸引力和感召力却丝毫未受影响。

从仙湖植物园入口到弘法寺山门的山道上，香客、游客络绎不绝。偶尔，还有人在山道上数步一长头，虔诚地朝拜前行。

"去弘法寺"，已成为很多深圳居民常挂嘴边的口头禅。去弘法寺，或为烧香拜佛、许愿还愿。或者，因为想去，所以便去。去了，可能只是在寺内转上几圈。

在深圳这样一座移民城市，有那么多离开家乡、心灵无所依的人们。现实的残酷又让很多人倍感压力，期待在这座城市找到心灵的寄托。弘法寺，便成了人们的选择。

用弘法寺方丈印顺大和尚的话说，"弘法寺就是我们每个人灵魂的家园"。

深圳年轻人聚集，弘法寺天王殿、大雄宝殿、卧佛殿、祖师殿等大小佛殿的佛像前，磕头许愿的人群也以年轻人居多。有三五岁的幼童，在父母的带领下，像模像样地磕头烧香，令人忍俊不禁。

大殿前的香炉龛里，香火不断，紫烟缭绕。常有年轻人跳跃起来往龛顶投掷硬币，比拼运气好坏。这个大约是他们嬉闹取乐的游戏。

弘法寺包容一切，宽厚地对世人敞开着大门，它不卖门票，免费赠送三炷香，免费吃饭喝水，免费住宿。在利益法则无孔不入的当下，此举虽小，已属可贵。

晨钟暮鼓，诵经唱法，寺内自然不会少。对于不懂佛典的普通人，寺院仍然是容易亲近的。

殿墙上挂着牌匾，写着人生警句，如"以戒为师""无是无非无烦恼，有因有果有菩提"等，通俗易懂，像极了当下流行的心灵鸡汤，却更精炼透彻、富含哲理。

这些牌匾书法字体朴拙，经久耐品，不少是出自佛门泰斗、弘法寺前方丈本焕长老之手。

长老一生虔心修行、弘扬佛法，经历跌宕起伏。他当年亲手创建并光大了弘法寺，前几年在弘法寺圆寂后，荼毗出现大量七彩灵骨舍利，更增添了弘法寺的奇幻色彩。

深圳街巷传闻，弘法寺所在位置是深圳"四大邪地"之一。建成寺院之后，邪气才得以压住。这自然是迷信的说法，不过倒也越发让弘法寺充满魅力。

有不少义工、志愿者在为每位来客分发三炷香，派送寺院编辑的读物，宣传寺院的祈福活动，接收和登记功德款……他们不时送上的"阿弥陀佛"，显示出他们在这些劳动中体验到了心理安宁和满足。

寺前树立着"温馨提示"，提倡"烧三支文明香，敬一份虔诚心"的环保措施，严禁携带三支以上或大香、粗香入内。

寺内建有图书馆，馆内清静安宁，设备先进，游客可自由进入，翻阅有关佛教类典籍。

所有这些都展现和传递着弘法寺的时尚、文明。

每一天弘法寺都是祥和的，绿树无声，花儿静放，猫儿在沉睡，鸽子"咕咕咕"叫着，在悠闲散步或低飞。

如有机会，沿着寺院边的山道向上，登到梧桐山稍高处往下俯瞰，能观赏到弘法寺的全景。

梧桐山变幻莫测的烟云之下，青山绿树之中，寺院那一片黄色琉璃瓦顶如绿海中镶嵌着的一枚贝叶经。

寺院前面是明镜似的仙湖和深圳水库，是深圳重叠错落的楼房和人家。

弘法寺，正福佑着深圳的满城繁华。

写于 2015 年 6 月 22 日

洪湖雨荷

　　到洪湖公园看荷花。园中荷花满池，绿叶翠盖，菡萏玲珑，红、白、粉花竞放，青青莲蓬拳举，景致倒也不差。可绕湖过半，总感觉那些荷花少了些许生气。特别是公园门口，棵棵荷花被栽在大小水盆里。大盆里的，夹道迎客。小盆里的，做了山水盆景装饰。荷花不是生在湖水里，而是成了盆栽植物，这有点出乎我的意料。

　　见到几个小朋友，对绿叶红荷他们似没多少兴趣。一个稍大点的孩子，用水枪喷洒出片片斑斓的肥皂泡，惹得其他小孩子追逐捕捉，欢快之极。公园内正在举行第27届深圳市荷花文化节，又逢周末，小径间、石桥上、连廊下、小亭内，都是游客。他们亲近道旁的荷花，手托耷拉着"脑袋"的荷花朵拍照取乐。走在人流中，荷花的清香鲜能闻得到。面对此番景象，再回味那句颂扬荷花"可远观而不可亵玩焉"的古话，我有些怅然。

　　走到洪湖西南侧，天突然变阴，我对荷花的感觉方渐渐变好。乌云卷来，荷塘上暗了下来。耀眼的阳光消失了，田田荷叶，还有湖边的柳树，一下子来了精神，绿得浓墨重彩，苍翠欲滴。湖中荷花，白的，粉的，含苞待放的，傲然绽放的，都挺着腰身，比拼着风姿和光彩。一只灰色的水鸟匆匆掠过湖面，在碧叶间停留几秒，飞入岸边的绿树丛中。偶有清风吹过，荷叶翩翩摆动几下，人在岸上，看得见近处翻起的绿白色叶底，害怕走光吧，旋又翻回了叶面。

雨点啪啪落下，游人、垂钓者大都躲到廊亭避雨去了，湖边只剩寥寥数人，撑着伞观看雨中的洪湖荷花。这处湖面相对开阔，靠岸边的浅水处，鱼儿扑腾着跃出水面，雨点浇出无数的水泡、水花，水纹在交织扩散。铺在水面的荷叶附着水珠，点点团团，大大小小，水银般晶亮饱满。雨水敲得雨伞砰砰响，荷叶和水珠却几乎纹丝不动。擎出水面的荷叶似中间凹陷的如意盘，衔着白玉，在暴雨中亭亭傲立。水接纳得多了，荷叶微微一颤，绿盘倾斜，白玉便如斟酒，注入低处的荷叶盘里，直到流入湖中。荷叶则很快恢复到初始姿态，好似雨水根本未来过。

不像岸上的凤凰花，一场风雨便落红无数。湖中的朵朵荷花，暴雨丝毫损伤不到它们。经过雨水浸润，绿叶衬托着，荷花红的娇羞，白的纯净，婀娜妩媚，素淡典雅，都额外增添了几分神韵。那些含苞待放的花蕾，瓷实、鼓涨，似蘸满了颜汁的画笔，直挺挺指向天空，昂首迎着暴雨，勇敢接受着雨水的洗礼。中通外直的荷叶茎，擎举着荷花、荷苞，暴雨之下也未曾有过些许弯曲畏缩。

雨水很快过去，阳光透过薄云射到湖面。贴着水面的荷叶上，水珠如繁星点点，晶莹闪烁，又如绿毯上镶嵌的宝石璀璨夺目。出水荷叶堆砌成的碧涛中，花朵和花蕾万头攒动，竞展风流。一只灰色的水鸟，不知是否先前看到的那只，从绿树中飞出，掠过湖面，扎入荷花丛，再也看它不见。有只白色的鸟，在湖面的绿叶上，"凌波微步"。

站在洪湖南边的栈道上，清风徐徐吹来，里面带着荷花的清香。于是，忽然很感谢这场不期而遇的阵雨。

写于 2016 年 6 月 7 日

南国春

春天了，你问我南国的春天是什么样子？这个问题提醒了我。我得先道个歉，因为我曾多次提到"南方四季如春"，却没有向你描述这里春天的模样。现在趁着眼前正有春景在，我介绍下，以弥补我此前的疏忽。

常年居于北方，你肯定习惯了从一颗新芽、一片绿叶中去感受春的萌动。在南方，春天不是这样子的。南国的春天，常见的倒是一种"春风扫绿叶"的反常景象。

南国的树木四季常绿的居多。你知道，树木和人一样，也要新陈代谢，不时有新芽发出，老叶飘落。对于常绿树木，叶子少了或多了，绿色都在那里，不增不减。新老树叶的变化太过细微，人们根本不会多去关注。

到了春天就大不同了。一阵春风吹，一场春雨飘，落叶榕发黄的叶子、雨伞树青中带黄的叶子，都像雨点般"啪啪"落地。只三两天光景吧，树下一地落叶。原本葱茏的树木，只剩下了光秃的枝丫。这些春天轰轰烈烈"更衣"的树木不多，但在蓊郁婆娑的绿树衬托下，显得颇为扎眼。人们路过就会注意到。

除了绿色，你可能想象不到，南国有些树木，像大叶紫薇，春天时树叶竟然是秋枫一样的红色。尽管叶子稀疏，红得也不纯正，夹杂着黄、紫、褐色的斑点，可在绿树主导的春天，这已经算难得了。深圳莲花山公园里，有片名为五色林的小树林，种植着一小排这样的红叶子树，在春天里向游人们展现着别样的秋日况味。

你肯定知道，南国的春天，花相当多。簕杜鹃、毛杜鹃、红绒花等都开得火热灿烂，鸳鸯茉莉、四季桂芳香扑鼻，紫荆花开得满树的花枝乱颤。对于这些花，我已经彻底搞不清它们的花期到底是什么时候了。它们似乎一年四季不断地在开，春天于它们，或者只是开的程度更加浓烈了些吧。

最让我觉得奇怪的，是"花叶不相见"的木棉树。一般人会认为，同地段的同种花，花期应该差不多。可在这里，距离很近的木棉树有些已经红花挂枝头，有些枝头光秃秃，呆头呆脑地还在发愣，有些仍稀稀拉拉地挂着去年留下的青黄色叶子。木棉树开花进程的差异，作为外行人，我除了推测它们可能品种不一，就只能用个性来解释了，春天尚无法统一它们的步伐。

你很熟悉桃花，我说说桃花吧。阳春三月，我以为莲花山北麓那片桃花林正漫天花海，蜂飞蝶舞，打电话约朋友去看。朋友笑道："桃花春节前花苞都已出来了，早开完了，现在很多人看桃花，都往广东北面的清远、韶关去了。"我有点怅然，才意识到南国的桃花开得肯定很早，要看只有等明年了。

我介绍完，你是否觉得，南国的春天，模样和时间都有那么点小混乱？我也有这种感觉。在四季如春的南国，要把春天说清楚真不是件容易的事。我在这里，以后再慢慢品味南国春天另类的美吧。

写于 2014 年 3 月 10 日

莲花山春晓

　　春天的消息，在莲花山，是从满山满眼的绿海中，窸窸窣窣着，一点点透露出来的。

　　先是落叶榕开始"换叶"。它们大约早已厌倦身上穿了一年的浓厚绿装，刚闻到些许春的气息就等不及了，两三天时光，绿衣变黄装，接着"哗哗"落到精光。再有几天，气温稍暖，水气滋润，"嗖嗖嗖"，黧黑的枝干上全是新绿，速度快得让人傻眼。

　　小叶榄仁，俗称"雨伞树"的，叶子换得比落叶榕稍迟些，阵势却丝毫不弱。密麻的椭圆形叶子，枯干到金黄后，洒满树下，人踩上去"咔吧"脆，会以为走进了北国深秋的银杏林。新生的嫩芽，鹅黄中带绿，镶在层层雨伞状的枝丫上，衬着蓝天白云，轻快、明丽、洁净，人在树下仰望，心会随着绿色荡漾。

　　还有大叶紫薇，这时候，原本稀拉的叶子，霜打过似的，红、黄、褐、紫、灰各色斑点交织，在风筝广场边上形成一抹五色林。一些荔枝树的梢头，生出簇簇粉红的"冲梢"新芽，绿海中，显得很是扎眼。莲花湖边，漾日湖畔，水杉干巴巴的，锈成铁红色，斜阳中如沧桑的老者，淡然观望着湖中划过的几只野鸭。

这些树木不合春意的表现，似乎略显叛逆。可在经年不变的绿色里，它们是莲花山上最为明显的春消息。

春到莲花山，春天的力量开始勃发。风筝广场上，冬日里被踩踏得光秃泛黄的草坪，雨水过后，泛出了层层绿意。那绿意先还淡淡的，不消几晚，已茂盛得如同二八少年丛生的黑发。满天风筝，牵着放风筝人的欢笑，乘着春风飞得老高。风稍大时，放风筝人手中的簏子，都拉得很吃力。

有些跑步健身者已穿上短衣短裤，尽情在春光里奔跑。卖冰糖葫芦、棉花糖、风筝的小贩，热情地向行人招徕生意。装在米老鼠套子里的卡通人，忙着招揽路人与其拍照。卖陀螺的老人，鞭子甩得震耳，几个陀螺在地上飞速旋转。一处地摊上，"电动音乐小鸟"脆生生地鸣叫，与莲花山树林里的鸟鸣声你呼我应，不辨真假。

那些花儿，树上的、草上的，先先后后开了许多。簕杜鹃自不必说，反正一年四季它几乎都在开。几树洋紫荆，粉白色，扑簌簌的，昏头土脸，不大惹人注目。红花风铃木，很拼的样子，开得满树满身，然而不够水灵鲜嫩，倒让人想念黄花风铃木的娇艳。莲花山西北面的桃花林，桃花这时候绽放了，不过毕竟是南方的桃树，远没有诗歌里描写的桃之夭夭的气势。

悦人心目的是山径旁的小花。可爱花的花朵虽小，凑成簇，集成片，连成带，就成了弥漫在莲花山间的片片轻烟，深蓝色，意兴盎然。马缨丹，花朵也小，颜色极美，黄、红、粉等色同枝，难怪它又叫五色梅、五彩花，几朵凑成一小撮，生在近一人高的灌木丛上，星星散散，穿插在小道旁，似无还有。毛杜鹃红艳艳的，虽只零落开着几小片，也颇为引人侧目。

开在高树上的花，火焰花叶绿花红，望去如团团火炬燃烧在枝头，又似金鸡在枝头闹春。木棉花情况比较复杂，有的枝丫光秃秃的，无花也无叶；有的挂出了拳头大的蒴果；有的蒴果已经崩裂，挂着一团白棉絮。最讨人喜欢的，是那些枝杈上站满大红花朵的木棉树，望去鲜红热烈，花朵"啪嗒"掉下来，花瓣厚实、鲜红，有老人守在树下捡花回家煲汤。鸟儿和松鼠也喜欢这奔放的木棉花，在花盏上跳来跳去，吃木棉花蜜，或喝花托里的雨露。

面对各具情态的木棉树，朋友说："花有百态，人有不同。早有早的好，晚有晚的妙。"确实如此，比如在清爽的夜晚，行走莲花山，会不期而遇阵阵桂花香。那是四季桂，基本每月都开。开在这时节，它当也要归于莲花山的春色了。

写于 2014 年 3 月 10 日

盛夏的声音

　　住的楼层不高，每天醒来，我首先听到的就是楼下的蝉声和鸟叫声。鸟比较多，七嘴八舌，唧啾个没完。蝉呢，估计也就三两只，扯着嗓子拼命地叫，似要把熹微的晨光叫得再亮些。楼下生长的是芒果树和榕树，四季常绿。鸟是树上的"常驻居民"，蝉夏季才来。它们离得远近不得而知，它们的声音却相互交织，汇成了夏日清晨的一曲交响乐章。

　　时辰还早，房间里光线惺忪，酷热暂时退去。躺在床上，聆听着挤进房间的蝉鸣和鸟叫，猜测它们究竟是谁发出了当天第一声鸣叫，迷迷糊糊又酣然睡去。再醒来，天色大白。楼下孩子们在嬉闹，清洁工在扫地，汽车在启动，人们在相互问候，声音高低错落，涌进房间。还能听到几腔长喊，从小区后的山上飘下，是晨练的人们在山顶引吭高喊、吐故纳新。先前楼下高亢的蝉声、清脆的鸟叫声，这会儿已听不到多少。

　　阳光洒在马路上，滚滚发烫，惊得行人快步往树荫下钻。大树浓密的绿荫厚实地铺到地上，绿叶中洒下几声鸟叫，高枝上传来阵阵蝉鸣，人在树荫下清凉惬意，脚步便不自觉放缓。坐上公交车，空调凉意满满，而发动机震动的声音也比平时大许多。办公楼宇内，无数空调或风扇攒着劲转得直响。烈日下辛苦奔忙的人们，汗水打在地上"啪嗒啪嗒"，沉重又坚强。

夏季里天空变化多端。这会儿白云朵满天飘，太阳不时穿梭到云层后无奈地叹息着，在地上投下大片云影。眨眼间，一片乌云急匆匆奔来，墨水倾覆般哗啦啦染黑半个天际，雨水跟着砸下，敲得地上的一切砰砰响。若是奔腾的气团相遇，针尖对麦芒，互不相让，兵戈相见，噼里啪啦，道道闪电刺破天宇，惊人心魄。雷声更可怕，深圳离海近，海天相接，雷声滚滚而来，轰轰隆隆，常让人忧心它会在头顶炸裂。

大雨带来的清凉很短暂，之后便是湿热，那就到海边去。傍黑的深圳湾畔，海风带着咸腥味，吹动妙龄女子的衣袂和长发，摇曳生姿。岸边悠闲散步的人们三五成群，话语声、欢笑声热络欢快。身着运动装束跑步的，虎虎生风。有些骑自行车休闲的，随身带着外放音乐，歌声"唰"地闪过行人，旋即飘远。海边高台上，恋人依偎着私语。这湾浅浅的海水，不知听到了多少山盟海誓。

晚上在山间绿道散步的人们，完全步入了一个虫声世界。无数虫子藏身山道旁的草丛和树丛，它们好像已不惧怕路灯柔和的光，不害怕人们的说话声、脚步声。炎热潮湿的环境正是它们喜欢的。夜色里，它们尽情放声鸣唱，鸣单个音节的，叠声的，婉转出好几个音节的，都不知烦倦反复唱鸣着，深深浅浅，疏疏密密，延绵不绝，盈满山间。路旁的水沟、草丛里，蟾蜍的叫声不时响起，给虫声合成的轻音乐里加入点点重鼓声。一路走来，一路虫鸣，人踏着虫声而行，诗意悠然。

街头巷尾，大妈们跳完广场舞，"最炫民族风"的音乐渐渐消失。烧烤摊、大排档灯火通明，食客吆五喝六，意兴正浓。酒吧、KTV内，灯红酒绿，歌声不绝。夜半时分，虫在鸣。人家窗户下，空调"嗡嗡"运转。小区楼下，有醉酒者摔破了啤酒瓶，"哗啦"声响，夜色些微抖动下，很快恢复了平静。

写于 2016 年 7 月 17 日

深圳的秋天

这是秋天吗？

这个时节，从北方初到深圳的人，大约都要生出这样的疑惑。甚至也不用很靠北，广东北面搭界的湖南、江西过来的人，可能也会有相同的感受。

这怪不得他们，要怪就怪深圳的秋天太"迷"人了吧。城市里放眼尽是层层叠叠的绿，实在没有多少秋天的迹象。榕树、香樟树、芒果树、荔枝树……都绿得没有丝毫的疏漏和大意，想在其中寻一片梧桐落叶，向它打探秋天的消息，显然不可能。

绿色之中，红、白、黄、紫的花儿在不知疲倦地开放。紫荆花高挂在树上，扶桑花在细枝上摇曳，簕杜鹃的火红和黄槐花的金黄有点耀人的眼……还有绿树丛中未见其树、已闻其香的桂花树，隐藏得似乎比秋天还深。

这些绿树艳花，已把不明真相的人迷得眼花缭乱。22℃朝上，不时还要跳过30℃的气温，又会让人的感觉彻底失灵。从北面来的人，身体的御寒机能已经"启动"，接触到深圳这温吞的空气，就会觉得热。偶有一阵清风掠过，他们感到的只是惬意，哪里还会想到秋寒呢？

没有秋风萧瑟、落叶纷飞，没有秋雨绵绵、红藕香残，深圳的秋天，简洁、明快，不拖泥带水，不藕断丝连。在这里，伤秋、悲秋之类的情绪实在难以产生，你总不能对着一大片火红的簕杜鹃黯然伤怀吧？这倒也好，省却了不少人触景生情、怀念故土的烦恼。

秋可以不伤，故土也可以不念，日子却须一天天地过。从夏到秋，一个季节的来临怎会了无痕迹？再怎么"没有季节的城市"，身在其中，稍稍留心，其实还是能感受到季节浅浅淡淡的改变。去年秋季从洛阳来到深圳，我也被它的秋天给迷惑了。今年待在这里，从夏走到秋，秋天的影子就渐渐清晰了。

某个早晨我被凉意冻醒，想着该换厚点的毯子了，凉席该撤掉了，突然就意识到：原来已经是深秋。再想想，空调和电扇前多少天就不再用了，窗外大树上黎明就开始的蝉叫声也好久没听见了。然后又想到，近来空气有点干燥，已好长时间没下雨了，夏天的时候，天空随便飘来一朵云，就会稀里哗啦地下起雨来的……

从衣柜里翻出长袖衣服穿上，上街后又发现，原来穿长衫长裤的人已经非常多。太阳也已不那么火辣，可以在太阳下散步而不觉得晒了。清洁工的扫把推送着的落叶，也似乎增多了。哪里的树木不落叶呢？可以不是秋天的落叶，但总有新陈代谢下来的叶子吧！然后就又发现，这里其实是看不到梧桐树的。那明年秋天就别期待"梧桐一叶"来报告秋天的消息了。

深圳秋浅浅，它不在梧桐一叶，不在白露为霜，只在人的心念中划过。躺在草坪上，看着天空闲云悠悠，我想，以后的秋天我会悲秋伤怀吗？这个说不准，估计总也难免。伤怀也不算坏东西，起码它厚重、有内涵。那就随意吧。

写于 2013 年 11 月 4 日

深圳的冬

从北方到南方，第一次在深圳过冬，在我感觉冬天还尚未到来时，在深工作多年的同事却告诉我说：深圳的冬天，很快就要结束了。

冬天怎么会要结束了呢？萦绕眼前的满城绿意，根本未曾有过丝毫的减少。簕杜鹃火红热烈的程度倒似乎减了几分，不过枝头上仍然有片片红云逗留。紫荆花的盛花期也过了的，树枝上却仍然挑着不少的花朵，只颜色略微黯淡了些。行走路上或者漫步林间，不时还能闻到桂花的清香。这，哪里有冬天的影子！

身在深圳，自然不期望能见到雪花。出乎意料的是，连寒意都很吝啬和淡薄。寒流到来前，气温往往会先抬升。再强的寒流，千里迢迢长途奔波，到来时锋芒已消，又遇到这有点腻烘烘的热气，更变得温吞乏力。持续时间也仓促、短暂，人刚添上件稍厚的衣服，所谓的寒流已倏忽溜得无影踪。接着，气温又升高了。

深圳的冬天，把自然界敏感的树木都搞糊涂了。红荔路的绿化树中，几株芒果树急切地开出了米黄色的小花。当有人表示惊奇并提出疑惑时，专家解答：因气温适宜，这些树错把冬天当成了春天，所以提前开花。

还有辛勤的小蜜蜂，大概也混淆了春冬。梅丽路旁的大花盆里壅植着数十株腊梅，枝干纤弱稀疏，花儿灿然绽放若粉色人面，香气缭绕如袅袅轻烟。大清早，阳光甫一打在花上，便有为数不少的小蜜蜂在暗香中嗡嗡徘徊，只把梅花作桃花。

缺失了寒意的冬天，再如何温暖，却也无法让在深圳的众多漂泊者迷惑。当心中对家、对亲朋的思念积累压抑到行将发酵时，回家的念头就开始在漂泊者心头荡漾，在这个城市的空气中弥漫。

不用看日历，轻闻一下空气中的味道，漂泊者就已知道冬天快走完了，是该回家过年的时候了。商家的春节促销大战，似乎很早就铺展开了。信箱中每天都会有很多花花绿绿的宣传彩页，手机不时会收到店家的优惠促销短信，商家门前也是天天的人头攒动熙攘嘈杂……

还有数十里长的深南大道上，似乎只在一夜之间，突然长出了望不到头的大红灯笼，喜庆、奔放，散发着浓浓的暖意，让漂泊者心中归家的念头更趋蠢蠢。

冬天将要消失的时候，就是奔向故乡的时候。当深圳温暖的冬天临近末梢，城市里蔓延最广的话题当是回家的车票。伸手向空气中随便轻轻一抓，就可以抓到满手天南海北腔调的话音，都深深烙着"车票"两个字。此时此刻，一张归家的车票，重过一张诺亚方舟的船票。

深圳的冬天纵然温暖如春，总也留不住漂泊者归家的心。身在他乡，心向故乡。在漂泊者心中，春天永远只会从一个地方开始，那就是家，是故乡。

攥着车票踏上归程，将深圳的冬天留在身后，一任其略显冷清地结束。明春归来，深圳也是真正的春天了。

写于 2013 年 1 月 25 日

回南天

每年二、三月份，广东经常出现"回南天"——因暖湿气流增强而引发的天气"返潮"现象。换作在其他地方，气温回升，春暖花开，总是令人高兴的事。可在广东、广西等华南地区，暖湿气流带来的"回南天"，却让不少人头痛。

"回南天"基本是这样发生的：北方南下的冷空气，横行好几天，把当地气温降下来许多；然后，海面生成的暖湿气流突然袭来，与冰凉的空气和物体相遇，生成无穷无尽的水气；水气弥漫，就出现了雾蒙蒙、湿漉漉的景象。

"回南天"的出现，往往只在一夜之间。睡觉前，人们除觉得有点冷，什么都好好的。第二天起来，拉开窗帘，发现窗户"蒙查查"的，完全成了另一番样子。窗玻璃上附着层水雾，水珠在不断往下滚，用手去擦，水雾却纹丝不少，因水雾并不像北方冬天暖屋里的那样附着在玻璃里侧，而是附在了外面。

水气当然不会只玻璃上那么点，人们很快发现，地板上湿漉漉，天花板竟然在"啪嗒啪嗒"滴水，墙壁也在"流泪"。原来昨夜一时疏忽，没有关严窗户，给暖湿气流提供了可乘之"隙"。它们抓住机会鱼贯而入，把屋子里的东西都给"哈"湿了，连被褥摸起来都有点濡潮。卫生间的镜子，也得先用抹布擦去水雾，才能照出人影来。

街道全湿了，好似昨夜下了一场雨。空气黏糊糊的，伸手一抓，几乎能抓出水来。写字楼前的大理石地板都在"冒汗"，人走在上面得步步当心，以免滑倒。带点美感的是城市里的高楼大厦，在雾气里影影绰绰，恍如蓬莱仙境。不过，雾气里含有不少的PM2.5，也没人乐意长久站在外面欣赏。

到处潮湿，问题就跟着来了。家里电视机"黑屏"了，怎么也打不开；空调和抽湿器都在转，可屋子里还是湿乎乎的；衣服晾晒了好几天，就是不会干。网上的调侃更多，"一年一度拼内裤和袜子数量的时候到了""空气湿啊，脸都不用补水保湿了"……更可笑的是，一处建筑的外墙瓷砖脱落了，管理方竟然也和"回南天"挂上钩，辩解说可能是天气原因所致。

"回南天"因冷热空气相遇而生，又需要更强的冷空气或者更高的气温来化解。冷热如果多次交锋，"回南天"就会反复出现。等气温彻底升高并基本稳定后，它才会消退。在雾气弥漫、湿气重重的"回南天"里，人们或者可以用那句已经俗得掉渣的话来安慰自己，"一个人改变不了天气，但可以改变心情"，以免自己的心情跟着天气"返潮""发霉"。

而"回南天"带来的也未必全是坏事。当现代生活已经"方便"到让人们趋于麻木，不再过多关注四时变化的时候，"回南天"造成的诸多"不便"，等于在郑重提醒人们春天来了。不然，一直在绿树红花丛中待着，人真的可能把春天忽略掉。

写于2014年2月23日

龙舟水

五月下旬以来，手机收到的天气预报短信几乎每条都包含"阵雨""雷阵雨""局地雨势较大"等词句。实际上，雨水比预报的还频密，三天两头，一天数次，哗啦啦，下得极其狂放、猛烈。

又到了每年的"龙舟水"时期。

"龙舟水"带着诗意，让人想起端午，想起龙舟竞渡。它也确和端午有关，端午前后，华南进入强降雨集中期，河水充沛，适宜赛龙舟，因故，民间便有了龙舟水的叫法。

气象学更精准，将华南每年4—6月"前汛期"中，5月21日到6月20日的降水过程单列，称为龙舟水，还解释了其两个成因：海上来的夏季风产生季风对流降水，南北冷暖气流碰撞形成锋面降水。换个表达，应是说天上的飞波流云在剧烈争斗。

气流在天上你来我往并不神秘，地上完全看得到。本来白云漫天，一大片乌云似大河决堤般奔来，黑白相争，旋即乌云压城，雨点"啪啪"砸下，声如闷鼓，密如暗夜，"孩童不晓龙舟雨，笑指仙庭倒浴盆"。

这个季节，定要随身带把雨伞。不同于华南7—9月"后汛期"的台风天气，龙舟雨往往来得骤急，一般没有大风打前站给人做预警。乌云压来，雨点落下，取伞、撑伞的一刹那间，已经暴雨滂沱，飞花乱溅，水流成河。

有次我乘公交回住处，上车时天空只略微昏暗，三站后下车时雨势如注，敲得雨伞"砰砰"响，上衣和裤腿被雨浇了个半湿，一双刚穿没几天的皮鞋整个被水流淹没，彻底湿透，害得我心痛了老半天。

龙舟水也有好处，广东很多地方，流行端午到江河湖泊里"洗龙舟水"，或者抬水回家，煮了艾叶后洗，据信可祛病辟邪，预防小孩长痱子。惠州有些地方，端午时人们直接走到小河中间，先掬水拍拍胸，再喝几口龙舟水。现在水质好的河流没几条，不知这洗龙舟水、喝龙舟水的习俗如何进行了。

在城市，洗龙舟水的习俗肯定只是个美丽传说。龙舟水在城市人心中更多的或是不堪。如我鞋子被泡透的事，只能算个人的小不快、小损失。更严重的是每逢强降雨，城市里便内涝严重，街道成了河流，交通瘫痪，不少汽车被淹被浸，有时还会发生积水夺人命的悲剧。

人们就调侃深圳真成了"深"的圳。也挺搞笑，深圳二字本来的意思是田边的深水沟，强降雨打击下，深圳便回到了它最初的含义，这难道是一语成谶？深圳这样一座新兴的、现代化、国际化城市，充满生机活力，被国人引以为豪，却没有令人自豪的地下排水系统。

知识广博者，举出江西赣州宋朝时修建的排水系统，德国人当年在青岛修建的下水道，还有法国巴黎的下水道，义正词严地声称"下水道是一座城市的良心"，并对城市的建设规划、排水系统大加批评。

会改善吗？来年城市排水系统如何，龙舟水又可充当检验城市"良心"的试剂。

写于 2015 年 6 月 6 日

台风来了

中秋小长假最后一天晚上，朋友聚会时，大家相继收到手机短信：台风"天兔"趋向广东中东部沿海，将严重影响深圳，近两天有狂风暴雨，请注意防范；气象部门已发布蓝色预警，明晨可能发布黄色预警，届时学校停课，并建议停工。

沿海地区的人们关注台风的心情，大约相当于北方人关注强寒流。"天兔"虽然不直接在深圳登陆，"将严重影响深圳"的措辞仍让我们心生恐惧。听我们议论，朋友家的小孩兴奋地喊：台风来了，明天不用去幼儿园了。这种"少儿不识风滋味"，让我们哭笑不得。

次日出门上班前，我看看窗外，天空已变得阴沉，完全没了假日几天的灿烂晴朗。因离得不远，我便犹豫着拿不拿雨伞，不过想起上次被台风带来的间歇性阵雨淋得措手不及的狼狈，还是决定拿上。路上没下雨，狂风暴雨，应该还在行进途中。

微信群里，"天兔"已成为大家聚焦的话题，在广州、深圳等地工作的朋友都在发表议论。有人称他那里现在一点雨还没下，马上有人称这是"暴雨来之前的宁静"。有人贴了个帖子，说"天兔"已被美国气象局评为全球史上最强风暴……

不知这"史上最强风暴"的说法是真是假，网络上关于"天兔"的消息确乎很多。QQ"企鹅"也发来温馨提示："天兔"将至，请注意安全。还有人提供了体重和抗风力级数的对照表，让各人依体重换算一下自己可以抵抗的风力。不用换算，"天兔"带来的最大风力据说有16级，铁定没人能抵抗得住。

下午我到一栋高楼的20多层办事，听到外面大风"呜呜"狂奔，窗玻璃给冲得不时"呼啦呼啦"作响。然后又收到国家机关发布的短信提示，措辞很严厉：全市进入台风防御状态，立即到安全场所暂避，并相互转告。台风预警信号也升级为橙色。这般风声和架势，让从未经历过超强台风的我对即将到来的"天兔"更加惶恐。

原本晚上我要与一位外地来深圳出差的老朋友聚会，现在只好告诉她说台风来了，今夜有暴风雨，活动取消。晚饭后暴风雨好像还未来，我就壮起胆子到外面晃了一圈。操场上平时很多人锻炼的，这会儿只有三两人在。街上的行人和车辆也极其稀少。想必大都因为"天兔"要来，躲在家里不出来了。

风雨夜半来。惺忪之间，听得窗外树木呼呼作声，雨声也在睡梦里响了一夜。天亮后，风雨基本已停。听新闻说"天兔"昨晚7点多在广东汕尾登陆，已造成不少人员伤亡。根据常识判断，接下来将会是台风过后的暴雨天气。

"天兔"还有其他的台风——"尤特""潭美"……名字都很美，带来的却经常是灾难和悲剧。台风外围的人们，虽然嘴皮子上可能会拿"天兔"玩笑几句，内心却同样深深地畏惧。在台风这种超强的自然力面前，畏惧才是人们最本真的反应。

写于 2013 年 9 月 22 日

深圳的雨

雨，雨，还是雨！

这是深圳今年或者今秋的第几场雨，无法说清。深圳的雨，根本无法用"场"来衡量。海上飘来一块云，哗啦啦，就是一场雨。云有多任性，雨就有多随意。雨往往下得极其零散，梅林这边大雨瓢泼，隔着条北环大道，景田片区却艳阳高照，都是常有的事。太阳高挂着，你也不能说它是晴天，因为天空或正飘着太阳雨，或者不用几分钟就风云突变、暴雨如注。雨实在太多了，人便形成个印象，深圳几乎天天在下雨，城市永远湿漉漉的。

雨多惹人烦。自小在豫西长大，经历过干旱少雨的年份，对雨水我有种本能的喜爱和期盼。可再多的热情，也架不住深圳雨水没完没了的浇灌。南下深圳的头年，雨水沁润，身体感觉居然比较舒服。时间久了，身体跟海绵一样吸满水汽，渐觉沉重酸痛。于是，体验到人们口中常说的"湿气"的威力，知道人需要除湿，开始像南方人那般喝"祛湿茶"。不爱运动，也强迫自己不时跑步出汗，排除湿气，平衡身体机能。

寻常日子，生活更是围绕雨水展开。随身必带雨伞，应对随时来临的降雨。上下班时段，深圳经常黑云压城，暴雨如注，就带着正装，穿拖鞋出门，不然皮鞋就报废了。洗了衣服，挂在阳台，好几天晾不干，就用干衣机整干。有"小强"冒冒失失闯进房间，虽然厌恶至极，还得与其做斗争……雨水带来无尽的潮湿，让生活多了不少琐碎，虽然厌烦，虽然无奈，也有其乐。

年岁已长，世事益繁，雨水引发的思绪和情愫越来越少。曾经，诗词歌赋里，雨水被赋予那么多的诗情画意，"好雨知时节，当春乃发生。""小楼一夜听春雨，深巷明朝卖杏花。""一川烟草，满城风絮，梅子黄时雨。"在深圳，雨水实在无法令人起兴抒怀。这里几乎没有四季之分，雨水春夏秋冬时不同的风姿和意趣，在深圳的雨中难以察觉捕捉得到。没有烟雨小镇，没有悠长雨巷，希望撑着油纸伞逢着一个丁香一样结着愁怨的姑娘，终不可能。或许最关键的，高楼大厦钢筋丛林之中的人们早已没了诗意的心境。

深圳的雨确乎和诗情画意无关，它简单奔放，给人的是直接的视觉冲击。从"回南天""龙舟雨"，再到台风天气带来的暴雨，雨水多与烟云共生。每逢下雨，云气弥漫，城市和烟云融为一体，高楼在云雾中若隐若现，云雾在高楼间流动盘旋，城市恍如幻境。逢有雷电，雷声在低空阵阵炸裂，频密的闪电划破苍穹，一派好莱坞大片画风。雨水则和人一样匆忙多变，倏忽而来，倏忽既往，蓝天白云和乌云暴雨的切换，经常只翻手的时间。甚或，白云和乌云在天空分庭共处，晴雨难测。遇着大风，风助雨势，雨点如子弹啪啪落到雨伞上，声音震耳。面对这样不含丝毫情意的雨，胸臆自然无所生成。

人都喜蓝天白云，但真没听谁说喜欢深圳的雨，纵然深圳的雨也有其个性。不喜欢，也没办法。享受了深圳的阳光白云，就要承受深圳讨人厌的雨，这也是生活的定律。

写于 2016 年 9 月 27 日

南方的冷

前天冬至，几位家乡的朋友关切地问我吃饺子没。"冬至大过年"，人们应景发短信，或在微信群里吆喝，相互提醒吃饺子，也算一种过节时尚，真吃没吃，倒不重要。这时代，估计没几个人会对饺子馋嘴。人们要的，只一种气氛而已。

冬至的含义，顾名思义，大约是说冬天真正来了，天真正冷起来了。关心我吃饺子没有的朋友，却没人问我深圳冷不冷。也难怪，在大家的惯常印象里，南方没有冬天，我也常给人说，深圳四季如春。可近几天，连我这个很耐寒的人，都觉得深圳有点冷了。这其实并不矛盾，即便真正的春天，也有"春寒料峭"，也有"倒春寒"，何况深圳只是四季"如"春呢？

寒冷是随着一场冬雨来临的。城市里的花草树木，似乎没受啥影响，花照开，树照绿，甚至于因为雨水，树木花草反显得更精神了。人就不行了，前两天还可以穿单衣，现在几乎都换上了冬装，有人甚至围上了围巾。绿树红花中，人穿得这么厚实，看着总觉得挺奇怪。

没两天，我自己竟然也顶不住了。北方的寒冷，剧烈、强硬，刀片子般，刮得人手脚冰凉、耳朵发麻、两颊通红，深圳还没冷到那种程度。深圳的冷是种浸骨的凉，它软软的，不紧不慢，颇有耐心地绕在人身边，人的手脚脸颊根本不会觉得它有多厉害。放松提防时，它逮着身上衣衫的空隙，悄悄钻了进去，人就觉得冷起来了，再也摆脱不掉。

在北方，人们觉得冷了，可以立马躲进有暖气的房子，享受浓浓暖意。最不济，也会烧个炉子来烤火取暖。南方没有暖气，人在屋子里，感觉似乎比外面更阴冷，那只有往被窝里钻了。之前一床被子，这时候盖在身上明显已经不够暖和了，我只能屈服，再加一床被子取暖。

面对深圳这种"不太冷、又很冷"的天气，每天早上我都要受多次思想煎熬，到最后不得不起来上班时才能横下心起床。每晚洗澡前后，又是一次意志力的考验，开始时不想洗，洗完又想待在热水喷头下不出来。因为在进出洗澡间时，需要经过房间里的那片冷，真的"步步惊心"。

寒冷好像也是相对的，因人而异。当大多数人觉得深圳已经很冷时，街边露天食摊做肠粉的小弟，每天还赤着脚，踢啦着拖鞋，若无其事地干活，一点都不冷的样子。有天早上，我还见到一位大爷光着膀子跑步晨练，让我怀疑我自己对寒冷的感觉是否出了错。

无论如何，日子都是自己的，冷暖自知，无关其他。自己觉得冷时，就及时添加衣物吧。

还有，冬至那天我确实没吃饺子，因为一直不喜欢。那天我吃了馄饨，有的地方不是说"冬至馄饨夏至面"吗，也算应景了。"老广"很重视过冬至，但他们不吃饺子和馄饨，吃汤圆、腊味饭和其他丰盛的饭菜，说是"过冬大过年"。

写于 2013 年 12 月 22 日

第二部分 / 鹏城印象

没有深圳话

　　经常有朋友问我，深圳人讲话能否听得懂。我的答复总是：哦，深圳这边的人基本都讲普通话。

　　其实我这样回答时，心里颇有点小惭愧。我沾着浓浓家乡味的腔调，肯定就不算普通话。真要往普通话上靠，套用洛阳挖苦人的说法，只能算"半自动普通话"。没办法，小时候在农村上学，很多字的音调没读准，长大了就再纠正不过来了。

　　幸运的是，我如果不讲偏僻的方言俚语，说话大家都能听懂。这也是沾了洛阳地处中原的便宜。不像南方有些地方话，外地人休想听懂。

　　深圳汇聚了来自全国各地的人，方言自然五花八门。来自同一地方的人聚到一起，就会叽里呱啦、旁若无人地用家乡话聊天，外人对此也不会有意见。谁让人家是老乡呢！老乡见老乡，说两句家乡话再正常不过。

　　原以为粤语应该是在深圳最常听到的地方话，可实际情况并非如此，我周围就很少有人讲粤语。倒有几个广东籍同事，可他们似乎从未用粤语交流过。后来才知道这几位广东籍同事都是客家人，"客家话"才是他们的地方话。

这下我来了劲。客家人是古时候从中原南迁而来的，洛阳偃师前两年还建了一座"客家人南迁纪念碑"；客家话和洛阳话之间有很多的渊源……这些情况我是知道的。于是，我开始和这些客家同事"套近乎"，给他们瞎诌些"五胡乱华，汉人南迁"的事，以说明客家人"根在河洛"，小小地满足一下我的地域自豪感。

有次我在网上看到个帖子，用洛阳方言表达一些语义，诸如："有一种同行叫厮跟着""有一种孤单叫独孤眼儿"。看后我觉得很精彩，立马粘贴给客家同事们看，以为这些纯正的洛阳方言应该和客家话有诸多相似。没想到他们看后，说只有"有一种吵闹叫叽喳"的说法与他们相同，颇让我大失所望——这个算相同吗？"叽喳"的说法普通话里也有用啊！

我还开玩笑让他们用客家话背古诗，不过仍很遗憾，他们的客家话，我真听不出和洛阳话有多少相似。客家人来到南方，历史已经太久，语言自然不断变化。不同地区的客家话之间，差异就很大。客家话与数千里外的洛阳话大相径庭，也很正常。

扯得有点远了。拿有历史渊源关系的客家话和洛阳话说事，只想表明这么个意思："十里不同音"。不同地方有各自的地方话，太正常不过。

所以，最牛还是深圳。深圳没有地方话，如果非要找一种，那普通话就是"深圳话"。普通话讲不好也没关系，只要讲话能让人听懂就成。深圳，就是这么宽容。

写于 2013 年 3 月 23 日

谁是深圳人

在深圳，没几个人会像北京、上海等城市的土著居民那般，骄傲地称自己为"老深圳"。深圳太年轻，三十多岁的年纪，还顶不起这个"老"字。另外，上过几年学的国人基本都会知道，深圳原是祖国东南边陲的一个小渔村。说自己是"老深圳"，等于向别人公开宣告，自己曾是小渔村里的渔民。这个不是谁都愿意承认的。虽然渔民和农民的差别真不算大，不过就是谋生地一个在海上，一个在陆地。

跟别人讲自己是某省某地的，心理感觉可能就完全不同。这话透露出的信息仅是自己来自某个地方，自己的家世背景，甚至于"不足为外人道也"的过往，都还相当隐秘。不问出身，只问来路，人人平等，人人都是主人，感觉应该挺爽。还有街头和媒体上那句"来了就是深圳人"的公益广告宣传语，看起来、听起来都让人美滋滋的。晚上细想，笑点低的人或许还会乐呵呵地睡不着觉。前两天还在偏远家乡，一下子就成了国家改革开放最前沿、国际化大都市里的人，也算腾达升天了。

房子好像从来未成为做深圳人的障碍。与收入差距悬殊的房价，不看就让人惊心，看了更让人胆寒。不过没关系，租居或蜗居在深圳，委实不是一件多么可耻或丢人的事情。放眼身边，这种暂时或长期买不起房的人，海多了去。那些有了一套、两套或更多套房子的人，也没几个底气十足地称自己是深圳人，他们多称自己是外地的。一到春节等传统节日，大多人都挈妇将雏，离深返乡，房子也难于留住他们思乡归家的心。所以春节期间，深圳都要程度不同地上演"空城"现象，且尚无三年五载就能结束的迹象。

一纸户籍，从严格意义上讲，可以视作一个人成为"深圳人"的法律凭证。来深圳谋生、创业或生活的人员，大多数人的户籍留在了家乡。虽然公安机关办证大厅户口迁移窗口每天的繁忙程度，昭示着转入深圳户籍的人口为数不少，可户籍人口的增长量，相对于实际进入这个城市的人口数量仍不占优势。那些转为深圳户籍的人，一时半会儿心理上肯定也仍把自己当作户籍卡上记载的籍贯地的人。

城市的开放包容让来深的人少有陌生感，觉得你我他大家都一样，很自然地会把自己当成"深圳人"。这自然是莫大的好事，是深圳的品位和优势。但真正在心理和情结上归属深圳，认为自己根在深圳，把自己当"深圳人"的却又寥廖。究其原因，不是深圳的柏油路太硬，扎不下根；不是深圳的房价太高，落不下户；更不是深圳的户籍人口增长太慢，赶不上城市发展。这一切，只因深圳太过年轻。

给深圳时间，给家乡意义上的"深圳人"成长时间。当一代代生在深圳、长在深圳的人壮大长成，当他们掌握了生活和时代的话语权，人们会经常听到：我是深圳人。或者后面可能还要加上一句——土生土长的深圳人。

写于 2013 年 3 月 1 日

文明的等候

刚到深圳，过未设红绿灯的斑马线时，我还想如过往那般，谨小慎微地站在路边，等没车经过时，见缝插针地走过，同时保持高度警觉，"左右看"以防有疾驰的车辆飞奔而来。这大概算是比较常见和正规的"中国式过马路"。

可好几次，行驶的车辆都在斑马线前停住，车稍多时还排成了一小队。我尚在疑惑之时，最前面一辆车的司机已在摆手示意我先通过。我当时心里那个吃惊啊，你可以想象！

后来听说，在深圳这边过马路讲究行人优先，车辆如果和行人抢道，被电子警察拍到的话，司机就会受到处罚。

车辆给行人让路，虽然以法律制裁为依托，并非完全出于司机的自觉，甚至也尚未成为城市里的常态，但仍让我心中有不小的震动——多少年了，作为普通行人的我，才得到了那有四个轮子的铁壳的尊重？

人车争路，大概是所有城市都面临的"都市病"。当原本用来为人们服务的汽车，无视路人甲乙丙丁最基本的人身安全，一次次狂飙过城市的斑马线时，暴露的或许不只是司机良知的困乏，还有一座城市文明的缺失。

再说另一个小事情。

有天早上我乘一位同事的车上班，经过一个平时不走的路段时，看到数十人在排队等公交车。他们有人默默站立，有人低头玩手机，有人转身和后面的人聊天，每人前后隔着一步多距离。队伍排到头了就折个弯继续排，没谁莽莽撞撞地要插队，要挤着上车。

那会儿，早上金灿灿的阳光正好打在排队的人身上，等车的队列满透着安宁祥和的美。我不由地感叹："这些人还挺讲规矩的，排队等车、上车！"同事也感叹："看来住在这个小区和周边的人还是挺有素质的！"

排队，一个从我们上学起就开始被灌输的观念和行为，在城市生活里并不少见，买车票、到银行办业务……都"被迫"需要排队。可更多时候我们看到的是蜂拥，是挤搡。尤其在"挤公交"已成为人们的本能反应时，那幕排队等候上车的景象，让我印象深刻。

那也是我第一次看到人们自觉排队上公交车。与另一位同事说起此事，她说她们小区外面的公交站也有排队上车的惯例，已坚持了好几年，报纸还为此做过专门报道。看来即便在深圳，自觉排队上车，也尚未成为城市里的普遍现象。但这"文明稀缺品"终究还是有了。

文明其实很简单。下雨天经过积水路段时，司机减缓车速，或者干脆停下来等行人先走，以免激起水花溅湿路人；经过斑马线时，车辆稍稍等候一会，让路人先行；乘车时，人们不妨耐心排队等候……稍微慢一点，稍稍等候一会儿，便会让城市多出些品位，让人心多出些温暖。

写于 2013 年 7 月 26 日

城市和阅读

近几天，晚饭之后，我会到深圳市图书馆新开的一处阅览室去读书。说来惭愧，我已很久没静心读书了，此番重新沉浸在氤氲书香之中，心里感到分外的充实和愉悦。

当我在微信上抒写这种阅读带来的美好感受后，有朋友回复我：老马果然"高端大气上档次"，连读书都有专门的"南书房"。呵，我忘记说了，这处新开的阅览室叫"南书房"。据说"南"除了表示具体位置，还象征"南方、温暖、开放、创新"等意。所以，真正"高大上"的不是我，而是深圳的读书环境。

"南书房"开张，只是第 14 届"深圳读书月"数百项活动中的一项。仅此，已让暌违书本很久的我拿起好书来品读，摈弃心中莫名的浮躁和焦虑。联合国教科文组织前不久刚刚授予深圳的"全球全民阅读典范城市"称号，又会激发多少人心中尘封许久的阅读欲望？

说深圳是"全球全民阅读典范城市"，估计有人会笑得直不起腰。在很多人眼中，深圳就是"文化沙漠"，给人留下的印象更像"土豪金"。可深入了解一下，你又不得不惊叹于深圳的阅读氛围和人们的阅读热情。

市图书馆里，各个阅览室人满为患。很多占不到位置的阅读者，就席地而坐进行阅读。藏书室是敞开着的，没有借书证的人也可以自由入内，依着书架翻阅书籍。借书、还书完全是自助式的，自己拿着借书证就可轻松办理。

深圳正在建设"图书馆之城"，其中最主要的支撑，应该是遍布在社区的"城市街区自助图书馆"。这种"便民书屋"式的自助设备，除有一些现成书籍可供借阅外，市民在网上查到的市内各个图书馆的书籍，也可申请送到指定的"自助图书馆"，然后自己再去借取。这样，市民不用出社区就可享受全市所有图书馆的资源。

市内三大书城，顾客每天络绎不绝。尤其周末，很多人往往举家到书城内读书、购书。中心书城内，每天都有一档叫做"深圳晚八点"的公开活动，进行文学、音乐、语言、人生等方面的讲座和交流；跨架在福中一路正上方的"24小时书吧"，通宵亮着的温暖灯光，是深圳"求知的眼"。

"让城市因为热爱读书而受人尊重"，已成为深圳的十大观念之一。这种蔚然成风的读书习惯和阅读自觉，我想大概和深圳是移民城市有关。大多深圳人没有那么多的应酬、交际，就留出了更多的时间和精力来阅读。读书，也成为深圳人排遣寂寞、结交好友的最佳方式。

阅读其实是件很私人化的事情，一个人读什么书，读到什么程度，受益多少，完全取决于个体的需求和能力。可个体阅读又无法摆脱周围环境的影响。当城市对个体阅读予以大力提倡和保护，城市也会从中受益。众多个体的阅读积淀，终会成为城市创新和发展的坚实依托，让城市赢得尊重。

去年，家乡有位大姐要我介绍一下深圳的全民阅读，我当时还不大了解情况，未予作答。现在，我以此文回复应该是可以的。

写于 2013 年 11 月 10 日

你看你看，房价在飞

有恒产者有恒心。想在城市里真正安家落户的人，肯定都想拥有一套属于自己的房子。可这又何其艰难！咱不是"房姐"，咱没有富豪老爸，面对步步高涨的房价，只能一声叹息。

买不起房，关注得起。关注了，多半会心焦。近些年，房价就跟吃了兴奋剂般，狂躁地攀升。与此相反，咱的工资还在那里原地踏步，并且两者的差距还有无限拉大的趋势。于是就会纠结：这房价恐怕降不下来了，还是早点买房吧，早买肯定比晚买好。

房市有风险，买房须谨慎。关于房市会崩盘，房价会狂跌的传言，从来就没有消停过。想狠下心去买，又担心房子买了，房价跌了，那就亏大了。而且即便房价不跌，把多年辛苦积攒下来的那点血汗钱贡献给开发商，并且还要做"房奴"，继续给开发商和银行打工，还贷几十年，咱真不甘心。

那就只能盼望着，盼望着有一天能发生奇迹，房价突然间真的跌下来了。官方的说法是，各地房价的平均增速在放缓。民间的小道消息说，三线四线城市的房价已经停步不前了。那深圳的房价也快跌下来了吧？

房价下跌怎么可能?! 在深圳的街头, 随便找人问问, 他极有可能会睁大眼睛, 惊诧于这样的提问。这里可是深圳, 是年轻人居多的城市, 房市里都是"刚需"。全国的房价都跌了, 深圳的房价也难跌。这一席话让咱的心立马"哇凉哇凉"的。

深圳中心城区很旧的二手房, 房价都快涨到每平方米三万左右了。"关外"的龙岗区, 房价稍微便宜点, 也快达到每平方米两万了。在内地十多年, 习惯了每个月拿着微薄的薪水, 咱对高房价的心理承受能力还不够强大, 总觉得深圳的房价是个天文数字。

让人帮忙算一下咱的购房能力, 做"房奴"勉强够资格, 可得住到"关外"去。从那里坐地铁到工作单位, 拥挤不说, 花在路上的时间就得一个多小时。每天往返近三个小时在路上, 日复一日, 咱恐怕吃不消。更何况人生苦短, 咱也不愿意把宝贵的时间耗费在路上。那些整天在街头推广的与深圳毗邻的东莞樟木头、惠州大亚湾的楼盘, 距离更远得咱都不敢去考虑。

租房貌似不错的选择。问题是房价都在飙升, 租房的价格肯定也不会安分。主城区正规小区七八十平方米的房子, 一个月差不多要四五千。咱不想给房地产商和银行打工, 又怎会想给房东打工? 官方提供的那些公租房、周转房租金便宜点, 但要排队轮候。能否等到, 结果如何, 都未可知。一朋友结婚生子, 得到的公租房是不到四十平方米的"蜗居"。

有人发愁, 就有人欢喜。房价不停上涨, 那些手中有房的人, 持有的简直就是"摇钱树"。远的不说, 身边有同事五月份贷款买进一套近八十平方米的二手房, 多半年时间房子已经升值了近五十万, 比辛辛苦苦上班赚钱划算得多。

这就是深圳, 房价在飞。其他城市想必也是如此。当很多人终生都在为房子而奋斗时, 真不知是城市的福还是祸。此时有声音说, 一切都是市场决定的。

写于 2013 年 12 月 3 日

M390 路公交车

　　说实话，M390 路公交车其实没什么特别：无人售票，票价两元，用"深圳通"公交卡的话优惠四毛；线路不算长，十多个站点，运行在梅林一村和石厦南两个公交总站之间，连福田区都没迈出，真是再普通不过的一条公交线路了。如果非要说它有什么独特之处，也只能是它的那些乘客了。

　　从梅林一村公交站发车时，只要是上午，它都会被那些老头、老太们挤个半满。车厢里人多，行李更多。每位老人都拉着塞得满当当的拉杆包，大葱叶了，山药棍了，很招摇地在外翘着。加上那些装在包里、纸箱里的肉蛋果蔬，整车厢里弥漫的都是菜市场才会有的奇怪味道。

　　梅林一村公交站斜对面是规模超大的福田农批市场，老人们专门为买菜而来。他们行动本就不利索，又拉着行李，上下车对他们可真是件艰难的事情。公交司机大概也早被这些"买菜大军"磨出了好脾气。很多老人脸色尘灰，衣着朴素，多操外地口音，想必是随子女来深生活的外地人。买菜时哪怕得了一毛钱便宜，他们或许都会觉得相当满足。

　　公交车拐两个弯，接着一站就是下梅林市场，这里紧邻城中村。早上九点前，会有众多年轻人从村中的小巷里出来，蜂拥在站台上等车。这些年轻人一个个衣着光鲜，脸上洋溢着青春的光泽，满怀对梦想的憧憬。看到他们，人们大概就会理解风华正茂、青春无敌的真正含义。

这些租住在城中村的年轻人，多是从外地来深打拼的"追梦族"，城中村租金相对低廉的房子成了他们的选择。他们租居在城中村中，白天外出工作，晚上回来休息。M390公交车经过会展中心、大中华国际广场等站，那里是深圳的CBD。没准他们是那里的高级白领呢！多年后，这份在"村"里居住的经历，或许会成为他们对外炫耀的资本。

公交车过北环立交后，很快到了莲花山公园站。前行，右拐，这时候经常会遇到堵车。公交车虽有专用车道，在这段路上行进也相当困难。前方在修地铁，占据了部分路面；更重要的，则因前面是儿童医院公交站。儿童医院就在路边，院门口塞满了出租车、私家车，当然还有公交车，整个一车辆大聚会。

那些生病了的"小皇帝"们，是这里的主角。他们哭着闹着，由大人陪着哄着，来医院就诊。M390公交车到了这站，有不少带着孩子的乘客上车下车。儿童医院门前拥堵的车流人流、生意兴隆的小卖部，都说明了家长对孩子的关切。只是孩子们长大后去追逐自己的梦想时，倒未必能准确记得这一天大人们对他的付出。

再往前，M390公交车经停的站点有机关、商业区、学校，不再介绍，已经够了。老人、青年、孩子，就这样以群体形象出现在M390公交车上，由这条公交线路串联着，全景式演绎着普通深圳人一天的世俗生活，极其真实。

写于2014年1月5日

深南大道走几遭

　　每座城市差不多都会有一两条主干道，承载和凸显着那座城市的繁华和品性。这样的标志性主干道，在北京是长安街；在上海是外滩；在深圳则非深南大道莫属。

　　初次走上深南大道，我即被震撼了。准确地说，是被大道上的绿色给震撼了。上百米宽的大道，中间是宽阔的绿化隔离带，两侧是层层叠叠的绿树，或者叫绿丛林更合适。滴水参、鸢尾花等喜阴植物在底层葳蕤生长，中层是长势旺盛的黄槐、鸭脚木等灌木和矮乔木，往上是榕树、桃花心木等蓊郁的高乔木，这不是丛林是什么？

　　乘车穿行在厚实的绿色长廊中，尽管马路上车辆绵延不绝，我也觉得非常惬意舒适。大道旁的高楼大厦，造型别致，且都坐落在茂密的丛林后面，也不会让人压抑。这让我又小小地惊奇了一把。此前，我一直误以为所有城市的主干道两旁都是一家挨一家的营业门面房。

　　当天晚饭后，我到深南大道的人行道上散步闲逛。看着闪烁的霓虹、急速驰过的车辆，还有行色匆匆的年轻人，对这座初次踏入的陌生城市，我真切地产生了一种莫可名状的恍惚感。这是别人的城市，我的出现可能只是一个倏然即逝的过客，来去无痕。当我站到过街天桥上时，这种感觉更加强烈。

天桥下，深南大道上车流不息。车头灯照得半街发黄，尾灯映得半街通红，一样地流光溢彩，却分朝着东西方向。那会儿，我个人正处于一个小小的变动期，来深圳正为谋求换个环境。有所思，便有所感。城市灯火辉煌，而人生各自明灭。天桥下的红黄流彩，像极了我们的人生，要么红了，要么黄了。关键只在于我们自己究竟要怎样的生活。

此番场景，时间过去并不很长，却已是前年的事情了。上天保佑，那次我很幸运地心想事成，摆脱沉羁，来到了深圳工作。来深后，出行经常要走过路过深南大道。深南大道的形象，在我眼中也越发变得清晰起来。

二十余公里长的深南大道，基本是和深圳特区建设同时起步，从最初两公里左右的沥青马路开始，经过几次拓展才发展到今日规模。从东边曾经的深圳镇和到西边的南头镇，深南大道连接起了特区内的诸多地标建筑和景点：地王大厦、上海宾馆、世界之窗、锦绣中华，还有华为、中兴、腾讯等著名企业的标志建筑……因此，它被视作深圳的城市名片和标志。

除深南大道上的绿树红花外，我感兴趣的还有它的交通融合功能。作为城市东西主干道，深南大道像条大河，与数十条南北道路交汇，由于建有很多立交桥，深南大道很少出现堵塞。深圳人经常说深南大道是"堵而不塞"：堵了但不会"塞死"，还能慢慢移动。这似乎正契合了深圳包容开放的城市特质。

深南大道走几遭，我发现，绿树丛，包容心，才是一座城市最珍贵的品质。

写于 2014 年 3 月 16 日

青春驿站

看到报纸上有关深圳福田区青年驿站的报道，我小心脏"怦怦"地激跳了几下，有点不大相信：天下竟有这样的好事，城市给前来求职的应届大学毕业生提供免费七天住宿？如果有，似乎也不该发生在以市场经济闻名的深圳呀！

驿站确实存在，报纸上配有图片和对入住大学生的采访。驿站所在地点，我路过几次，但没注意到有这么一家别样的客栈。我推测，闹市之中它应该很不起眼。不过，对于那些怀揣梦想来深圳求职的大学毕业生，它肯定相当闪亮。

"也许，这里的地方不够宽敞，却足够容纳一个梦想；也许，这里的条件谈不上多好，却足以让梦想在此远航……"写在驿站"致青春——给入住青年朋友的信"中的话语，带着些许煽情，却道破了驿站对于求职大学生们的价值。

每年，都会有众多怀揣梦想的大学毕业生，到城市里来寻找实现梦想的机会。当他们步入一座座陌生的城市，面对纵横交织的街道、川流不息的车辆，肯定会感到孤独和茫然。找个暂时驻足的地方，成为他们首要考虑的问题。

青年驿站提供免费住宿、就业指导等服务，这一善举无疑会让那些初来乍到的求职者，首先感受到深圳的友善和温暖。虽说"人们为了生存而来到城市，为了生活更加美好而居留于城市"，可无论能否最终留下，深圳都已播种下美好。

想起十多年前自己刚大学毕业时，像只无头苍蝇一般在陌生的城市里奔走求职。现今，那些城市留给自己的印象，除了城市名，惟余一团模糊的影子。又如果当时有青年驿站向我和同龄人开放，我们不少人的人生轨迹或许会完全改写。

谁赢得了青年，谁就赢得了未来。当众多城市花费巨资去做包装、宣传、营销时，鲜有城市像深圳这般舍得拿出一点资金，给前来求职的大学毕业生提供免费住宿。深圳对于青年人的吸引力，可能正在于它对青年人的慷慨。

城市品牌和形象的构建，城市魅力和吸引力的营造，有时就只需要那么点小小的付出。记得前年我来深圳参加选调考试，招考单位免费为外地考生提供住宿服务。这种慷慨让外地来的考生们很受感动，对深圳的好感立马多了几成。

不久前，有位朋友参加深圳一家报社的招聘考试，该报社为外地前来的人员提供部分交通补贴。朋友评价说，无论钱多钱少，这种做法都足以让人对这座城市刮目相看，铭记于心。城市的口碑，就是这样积累起来的。

深圳是座年轻的城市，据说它现在的城市平均年龄是 34 岁，以前还要更低，才 28 岁。人自然是越来越老，城市要保持年轻，就要不断吸纳年轻的力量。单单一座青年驿站，即会让年轻人择业时的心理天平向深圳这侧倾斜。

高考结束，将有很多青年走进大学，也将有很多青年走出大学，走向社会，希望城市都能给青春提供个驿站。

写于 2014 年 6 月 8 日

城市与大学

　　高考成绩揭晓，考生们马上面临着选择大学和专业的问题。不少考生在选择大学时会考虑大学所在城市的情况。这很正常，大学不是"孤岛"，大学的个性肯定受所在城市的影响，融入所在城市的某些特质。

　　与国内其他大城市不同，深圳的大学数量极少，单手手指即可数清。而且深圳没有"历史悠久"的大学，成立最早的深圳大学建校方31年，距百年老校相差甚远。香港中文大学（深圳）今年刚取得招生资格，还是一新生儿。

　　建校历史虽短，深圳几所大学的名气却不小。这种名气并非来自五花八门的大学排行榜。据我所知，在各种综合实力排行榜上，深圳几所大学从未进过前十。深圳几所大学的名气和深圳这座城市一样，更多的是因其改革创新的精神。

　　深圳大学在深圳资历最老，其校园环境极美，在网络上曾被评为"国内十大最美大学"。除了四季不断的鲜花，深大最美的当是校园内那上千株荔枝树。每年六月，荔枝成熟，灿若红霞，深大学子都可品尝这道荔枝盛宴。

　　深大前校长章必功与学子因荔枝赋诗唱和的美谈，在深圳广为流传。章必功校长上任不久，有学生赋诗询问："荔枝青青挂枝头，一万学子已翘首。闻得亲和以治校，今年还分荔枝否？"章校长赋诗作答："去年六月时，荔枝分到手。笑问岭南人，细数三百否？今年六月时，荔枝分如旧。相约绿荫下，红果盈怀袖。"

这番诗词唱和，体现了深大校长"亲和"治校之风。去年3月，深大又创设"校长午餐会"，校长每月与学生代表共进一次午餐，共同交流校园热点话题。深大领导的民主作风使得深大学子创新、创业理念兴盛，涌现出了马化腾、史玉柱等著名校友。此外，"深大毕业生十年后平均月收入一万五千左右，高于广东省平均水平，是全国平均数的近两倍"。

而最近因校长朱清时即将卸任，再次处于风口浪尖的南方科技大学则自筹备成立之初即被寄予厚望，被视为国内高教改革的"试验田"。以改革者形象出现的朱清时行将卸任之际，南科大改革的成败得失引发了社会广泛关注和议论。

南科大在破解高校去行政化、招生改革等难题方面的成败，外行人无法准确判断。只是人们应该明白，任何改革都需要政策、环境、体制等方面的机遇；判断改革成败，也不能以一时一地的结果来衡量。正如颇具独立思考精神的南科大学子所言，"改革不是非要去扭转什么""改革是为了更好，而不是为了改革而改革。"

南科大的改革不会止步，今年开始招生的香港中文大学（深圳），已经开始了中港合作办学、理事会治校等新探索。深圳的几所大学和深圳一样，都拥有着改革创新的精神。建校的历史短并不是问题，历史可以积累；大学最重要的是自由和活力，这正需要改革创新的精神去激发。

写于 2014 年 6 月 22 日

一个人，一座城

作为中国改革开放的总设计师，小平同志当年亲自促成了深圳经济特区的建立。一切正如歌曲《春天的故事》所演绎的那样："1979 年，那是一个春天，有一位老人在祖国的南海边画了一个圈，神话般地崛起座座城，奇迹般地崛起座座金山……"

如果我们现在来想象小平同志在南海边"画圈"的神来之笔，会感叹那真是个"点石成金"般的传奇。深圳经济特区成立 30 多年，其经济总量、城市发展速度等，都创造了让世人叹为观止的奇迹，因此，也成为了解中国改革开放历史的窗口。

从早先的"深圳速度"，到现在的"深圳质量""深圳标准"，深圳所创造的成就，是一代代涌往深圳的改革"弄潮儿"，发扬"拓荒牛"精神，披荆斩棘、创新奋斗的结果。追本溯源，这一切又都源于小平同志这位中国改革开放的"拓荒者"。

市场经济、自由竞争，这些现今人们已经习以为常的规则，在 20 世纪 70 年代末的中国尚是完全陌生的事物。我们不知道小平同志抽了多少支烟，和其他领导人经过多少次讨论谋划，才最终下定决心在毗邻港、澳的地方试办特区，"杀出一条血路"。

小平同志选择了深圳，深圳也没有辜负小平同志的期望。经济特区成立后，深圳的道路、楼房、厂房雨后春笋般地冒了出来，一座新城拔地而起，充分证明了国家改革开放决策的正确性。在深圳诞生的"时间就是金钱"等观念，也影响到了全国。

凡造福于人民者，必然受到人民的爱戴。在深圳，无论外地人还是本地人，都发自肺腑地敬仰小平同志。深南大道旁小平同志巨幅画像前，常有人驻足凝望，拍照留念。莲花山顶小平塑像前，瞻仰、缅怀、献花的人络绎不绝。

虽与深圳关系密切，小平同志却仅仅到过深圳两次。

1984年春天，深圳经济特区成立五周年，小平同志视察深圳经济特区，为深圳这个国家改革开放的先行者打气助威，并专门题词："深圳的发展和经验证明，我国建立经济特区的政策是正确的。"题词现在镌刻在莲花山顶小平塑像广场的背景墙上。

1992年春天，小平同志南巡武昌、深圳等地，当时那篇《东方风来满眼春》的长篇通讯，举国振奋。小平同志南巡中发表了一系列讲话，其中，在深圳提出了"发展才是硬道理""两手抓"等著名论断，为深圳特区、为改革开放吃了颗"定心丸"。

此次南巡，在深圳皇岗口岸，小平同志还站在横跨深圳河的大桥上，长时间地凝望香港。那是戎马倥偬、运筹帷幄一生的小平同志对于当时尚未回归祖国的香港的深切挂念。

一个人和一座城，相逢并不多，影响却极其深远。伟人已逝，精神长存。当改革步入深水区，我们更要坚持小平同志开辟的改革开放之路。

写于2014年6月30日

天堂向左，深圳往右

"天堂向左，深圳往右"，这话非我原创，而是慕容雪村一部小说的名字。根据小说改编的电视连续剧《相爱十年》前几天刚在芒果台播放结束，反响好像还挺大，我的好几位朋友都在微信朋友圈对故事结局发表了看法。

这部电视剧我没看，原著小说也没看过。这话给我留下印象是因为一个曾在网络上流传的帖子。帖子列举了在深圳奋斗的人的诸多共同感受，最后总结道："深圳是一个让多少人圆梦和折翼的地方，所以慕容雪村说'天堂向左，深圳往右'。"

这句话其实并不新鲜，它表达的意思在二十多年前轰动一时的电视连续剧《北京人在纽约》中就出现了。大意是这样的，"如果你爱一个人，就送他去纽约，因为那里是天堂；如果你恨一个人，也送他去纽约，因为那里是地狱。"

深圳虽然发达，但和国际大都会纽约相比，肯定尚有差距。在纽约可能遭遇到的那种天堂与地狱般的差异人生，换到深圳，其差异等级递减，最多也就是天堂与人间的不同吧。这是玩笑话。无论纽约或深圳，差异都仅存在于理想与现实之间。

作为伴随中国改革开放而生的一座新兴都会，深圳自诞生之日起就成为不少人心目中的"淘金地"，似乎遍地都流淌着发财和成功的机会。坊间流传着的众多一夜暴富神话，更增添了深圳的传奇色彩，"引无数英雄竞折腰"。

当人们怀揣梦想来到深圳，面临的现实可能会有点悲催。深圳的高楼鳞次栉比，可你住得起的，只是隐藏在高楼斜影后城中村里逼仄拥挤的民房。深圳的工作机会很多，可与你竞争的精英更多，你能得到的未必就是那些薪酬丰厚的岗位。

那些穿梭在深圳街头的年轻人，除了衣着时尚光鲜、驾着私家车的白领、金领，更有不少冒着酷热、忍着冷眼向过往行人散发广告的房屋中介推销员。街头巷尾还能看到不少默默捡拾饮料瓶的废品收购者、风餐露宿摆摊修车的老人。

有不少人在深圳拿着数目可观的薪水，抽空还能去喝个下午茶，过着小资生活。可仍有很大一部分人，每月的薪酬少得可怜，支付房租等费用后已经捉襟见肘。要知道在深圳即便你拿万元月薪，相对于高企的房价也只是杯水车薪。

当梦想被现实照亮，生活就变得愈加真实起来。电视剧《相爱十年》主要展现的是被深圳改变了的爱情，其实被深圳改变的还有更多，比如继续拼搏奋斗的信心、不觉之中被现实蚕食了的"三观"等。爱情故事，只是一个借以表现的载体。

按照前文提到那个网帖中的说法，在深圳能待上五年算你有激情，能待上十年算你有梦想，能待上十五年你在成功的路上，待二十年你就是王者。这说明在深圳这样一座理想和现实交织之城，让理想开花的不二法门，只有坚持待下去。

确实，在任何地方，理想和现实、左和右之间的通道，都唯有坚持。

写于 2014 年 7 月 13 日

涂鸦

有次乘公交车回住处，恰巧坐在后排靠窗位子。冷不丁地，看到车厢侧壁有团墨痕，巴掌大，似块胎记。凑近看，依稀辨认出"请不要阻止我爱你""明知做戏"等句子。看后我不禁哑然失笑，回忆起自己当年读书时课桌上那些奇特的题诗。

这路公交车常有不少身着校服、肩背书包的中学生上下，想必是他们乘车时胡乱涂鸦，宣泄和表达他们情窦初开的青春。然后，这些涂鸦随公交车在城市里穿梭，变成一道隐蔽的风景。乘车的人偶然看到，如我一般，估计都要会心一笑。

学生们的涂鸦行为，肯定不能以文明与否评价。唐朝人卢全面对儿子在其诗书上乱涂乱画时，无奈地感慨"忽来案上翻墨汁，涂抹诗书如老鸦。"公交车保洁员擦拭那些墨迹时，大约也要苦笑，他们只是在为学生们清理涂写板而已。那些涂鸦确实是旧的方去新的又出，风不吹也生。

都市里就是如此，许多原本不合常理之事，换个场景就有了别样的格调韵味。其实，学生们在公交车上涂鸦，只能算小打小闹。能把涂鸦这种很多人眼中纯属胡乱涂画的东西玩成艺术、玩出效益的，更有高人在。

深圳中心书城有家俗称"狼窝"的餐馆，店内墙壁模仿原生态的泥坯，几乎是麦秸混着黄泥直接抹到了墙上。店家饭菜除了菜名别致，味道我觉得其实挺普通，但顾客来了可以在墙壁上涂鸦。连店家防小偷的提示语"你的包大，我无法抗拒"，都让人感到涂鸦文化的诙谐幽默。

深圳的年轻白领们，工作压力大的缘故吧，特喜欢到这种地方。于是乎，这家以涂鸦为特色的餐馆，生意出奇好。店家也精明，可能害怕涂鸦者的私人信息泄露，店内限制拍照。像电影《心花路放》中，黄渤演绎的从"耿浩对不起康小雨"到"耿浩祝福康小雨"的涂鸦故事，此店墙上不知有无发生。

涂鸦最正规的去处，还是露天的涂鸦墙。深圳市内多处涂鸦墙，比较有名的是处于梅林二线公路上的那处。

沿着梅林水库边风光旖旎的二线公路往北走，在公路和山道分叉的地方，有个歇脚点，叫"涂鸦墙"。山体下部数十米长的水泥护坡上，私人留言之类的涂鸦看不到几个，几乎全是彩漆喷绘成的大图形：骷髅？外星人？我看不明白。

涂鸦墙前有个指示牌，介绍说"最早的涂鸦文化形成出现在 20 世纪 60 年代的美国，它与街舞、饶舌、DJ 并列为街头文化（HIPHOP）四大元素"。涂鸦文化既来自美国，听说这面涂鸦墙又是欧美范儿的，难怪我看不懂。

多年前看过一个故事：画家用于调和染料的画布，被人当成杰出画作夸得天花乱坠。这面涂鸦墙上有无杰出画作尚未可知，我只觉得它"高冷"。倒是公交车、餐馆里的涂鸦，无关艺术，只关心情，因此更接地气。

有机会时，找个地方涂鸦去吧。

写于 2014 年 11 月 16 日

你什么星座

先讲个前些年发生的笑话：一位朋友生日在八月底，他听说八月底生的人对应处女座，就对外宣称自己是处女座，觉得处女座"谨慎、追求完美"的特质他通通具备。直到有一天，他才得知星座是按阳历确定的，而他阳历生日对应的是天秤座。

与这位朋友一样，我对星座也不甚了解。作为一个 70 后，在单位早被 90 后小盆友们归为"骨灰级大叔"，星座这种似乎专属年轻人的东西，除了道听来的三两个星座名外，其他我一概无知。好在星座远没子鼠丑牛寅虎卯兔那样重要，不了解也不影响过春节、算属相。

来深圳工作后，星座突然在我的生活中变得重要起来。朋友们无论男女，不管年纪大小，聊天时候都喜欢问"你什么星座"，然后交流星座特征与本人性格是否相符；以相亲为目的的交谈，还暗自揣摩彼此星座是否般配。这是不是显得太迷信了？可回头想想，大家来自四面八方，为避免冷场，星座倒确是不错的交谈话题。

报纸上关于星座的内容也是整版出现，每天早晨上班乘地铁，打开免费派送的《地铁早八点》，有专门的"星运"版，有时候也叫"看星情"，对各个星座，都罗列了当天的总运气指数、幸运色、特别提醒，还有当天的事业运、爱情运、财运等。

深圳是个移民城市，这星座热又从何而兴？直到后来，在腾讯、新浪等各大门户网站都看到专门的星座板块，我才恍悟原来是自己 Out 了，星座早已是社会上的流行文化。

为跟上潮流，在掌握白羊、金牛、双子等十二个太阳星座的名称、时间段后，我开始经常关注有关自己星座的信息。

那些星座预测描述，多模棱两可，讲好的多。偶有几句"情绪容易低落""易和同事发生摩擦"的提醒，我也不把它当回事。一个星座对应地球那么多人，坏事坏运也不可能光顾到我吧？

听说每人都对应天上的一颗星，离世时那颗星就会滑落。去年，来自星星的都教授风靡一时，颠倒众生。星座与人的关系，亦真亦幻，倒不必刻意求证，当下它最现实的用处，莫过于与人交谈时问句"你什么星座"，打开彼此的话匣子。

写于 2014 年 11 月 23 日

绿道

与一位东北网友闲聊，谈到深圳的绿道。我问："你们那里也有绿道吗？"她说她所在城市没有绿道，只有白道。我好奇地问什么是白道，她说："白道就是大雪铺出的道，是大自然给东北的特色，不用花钱，不用人工，北国风光，银装素裹。"

我这才明白，这位网友原来在调侃我。想必她以为"绿道"是我虚构的子虚乌有的词汇，便创造出东北特色的"白道"，对我"以牙还牙"。冤枉我也！她可能对绿道鲜有耳闻，但"绿道"真不是我信口开河捏造出来的词汇。

在深圳，很多绿道旁的告示牌上都能看到对绿道的定义："绿道，译自英文名 green way，是指以绿化为特征，将公园、自然保护地、风景名胜区、历史古迹和城乡居住区串联成网，供市民休闲游憩、运动健身的慢行道路，集合了生态、文化、休闲、景观、通行功能于一体。"

定义略显生硬，似乎未能描绘出绿道在深圳人心中诗意的模样，那就顾名思义一把，把绿道释作"绿色的道路"吧。一些绿道，颜色确实是绿色的。深南大道等街道一侧的人行道上，除了盲道，还镶嵌着一带大约两肩宽的沥青路，染成了绿色，专供自行车通行，称作"自行车专用道"。

犹记得我初到深圳，亦不知这窄带状的小路作何用，只偶尔看到三两少年骑自行车闪过。穿行的车流旁，浓密的绿荫下，这么一条别致的绿色小径，当时就勾起了我的兴致，我索性专门在上面散步，这个"恶习"一直保持至今。还好，这自行车专用道似乎并不禁止行人通行。

走街旁绿道，人可能会受车辆尾气侵袭。绿道最好的去处，还是到山间。山间绿道，或是登山的台阶，或是盘山的公路，或是徒步者踏出的山路，也有供自行车爱好者骑行的专用道。道旁树高林密，泉水叮咚，花开不断，鸟鸣不绝。很多山中建有水库，湖光山色、夕阳倒影。在梅林二线公路那样美的绿道上行走，任谁再差的心情，都会不自觉被清风吹得惬意飞扬。

海边绿道自是另一番风景。深圳湾公园内的沿海绿道，是自行车爱好者和徒步者的乐园，从早到晚，人流络绎。到了晚上，一湾浅浅窄窄的海水，对面是香港天水围的万家灯火，这边是深圳的无尽繁华，海浪温柔地拍打堤岸，除了放松休闲的人们，会有不少年轻人站在海边，上演一出出浪漫戏码。

深圳的绿道种类有省立绿道、城市绿道、社区绿道，有自行车专用道、健康步行道。各种绿道交织成网，如果时间和体力充足，沿着绿道可以走到很多风景区。去年，国际环保组织自然资源保护协会将深圳评为国内除香港外"最适宜步行城市"，正因深圳有这丝带般萦绕着的数百公里绿道。

绿道拉近了人和自然的距离，让都市人的生活变得更加清新自在，也成为深圳很多人引以为豪的城市特色。和那位东北网友说起绿道时，如果是我无意间流露出的"傲娇"情绪刺激到了她，让她抛出"白道"之辞，那可一点都没冤枉我。

写于 2015 年 1 月 17 日

一座摩天大楼的温暖

我稍微有点恐高，可这并不妨碍我对摩天大楼的喜欢。我一直这样认为：一座现代化、国际化大都市，有了摩天大楼，才显得更有品位和档次。就像京基100、地王大厦，它们撑高深圳的天际线，展示深圳气度，也让我得往后仰着脖子才能感叹：那么高！那么高！而当有机会看着一座摩天大楼长成时，我仰望的就不再是高楼，而是一位玉树临风、伟岸雄姿的高个子朋友。

是在2013年国庆前后吧，挺突然的，那栋高楼冒了出来。那里是深圳福田CBD，林立着诸多摩天大楼，差不多都有一两百米高。它能从周围的楼群中蹿出头，当时应该足有200多米高了。

我工作的地点在它东北方向，千米开外。饭后散步，便能看见它从一排光鲜的玻璃楼后露出截楼体，呈水泥的灰白色，围层绿色防护网，架着上下左右忙碌的塔吊，很有点傻呆。我那会儿来深圳时间尚短，听同事们说，那是正在建设的平安金融大厦，660米，中国第一高楼。看着它一天天增高，我们调侃，这样一座600多米高的大楼孤零零立着，衬得周边的高楼那么矮，实在太突兀、太不协调了。

它每天只顾昂着头,"嗖嗖"地往上生长,很快将周边的高楼抛在下面。那片很高、很能体现深圳城市形象的楼群倏尔成了矮子,如同普通人站在"小巨人"姚明身边一样。偶尔经过它脚旁的街道,我使劲仰头望,见它拔地而起,直指苍穹,气势非凡。到了2014年7月时,媒体报道它高度超过京基100,成为深圳第一高楼。

毫无疑问,这座创造深圳城市建筑新高度的摩天大楼,将成为深圳人心中的新地标。30多年时光,作为深圳地标的第一高楼,从国贸大厦到地王大厦,再到京基100,又到现在的平安金融大厦,几易其主,都是各领风骚才数年。唯有足够高,唯有成为第一高楼,才能被人铭记。所以,建设摩天大楼的冲动和向往,永远不会消失。这是世人心中的丛林法则,也是人类城市建筑文明前进的动力。

成为深圳第一高后,它还在生长,似乎下定决心,要将其他高楼甩得更远。这时候关于它的传言也不少:外地某城市将建设700多米高摩天大楼,它将不会是世界第二、中国第一高;由于航空限高,它顶上数十米天线撤销,直接"缩水"到600米……所有真真假假的消息,让我想起一些行业翘楚在奋斗过程中的遭遇。

它原本可能就不为争第一而来,那是虚名。它的气势和形象,它带给深圳人的愉悦和美好,才最为重要。2015年4月,高度达到600米,它正式封顶,外部装饰开始推进。盛装渐渐披上,它开始显现灼灼风姿。整个楼体呈锥形,下宽上窄,四角对称;灰色玻璃幕外墙上镶有大条龙骨花饰,银白色,流线型从底部向上延伸至楼尖,似连接人间和苍穹的银河。矗立群楼之间,它一览众楼小,没有突兀和不协调,反有百鸟朝凤、众星捧月的气势。

每天,它都向人们慷慨展示着它的壮美。蓝天白云之下,它庄严大气,巍然肃穆；丝丝白云不时缭绕过它挺拔的腰身。雨雾天气，它多半个上身被云气笼罩，下半部被群楼遮挡，冷不丁看过去，会吃惊它居然"消失"了，和人捉迷藏般。星月当空的夜晚，它的楼尖亮着灯光，星星在侧旁闪烁，感觉去到楼顶几可摘到星星，也让人担心上去后"不敢高声语，恐惊天上人。"

很自然的，它成了深圳的形象代表。它的照片刷爆朋友圈，不少人用它作微信头像。有外地朋友来深圳，深圳人已习惯于自豪地指指它，"那是我们深圳最高的楼"！有热衷攀爬的"蜘蛛侠"，急不可待，竟然徒手攀爬到顶楼，挑战自我，俯瞰美景。在深圳主城区很多地方，人们抬头就能望见它，它接纳了无数深圳人仰望的目光，里面包含着的是惊叹、景仰、自豪、希望、信心。

外地不少建筑被人形象地起了绰号，北京有"大裤衩"，上海有"开瓶器"，广州有"小蛮腰"。平安金融大厦，深圳的新地标，不知道那些"键盘侠""段子手"会给它起什么绰号。我亲眼看着它长成，心中视它为朋友，想称呼它"老大"。京基100、地王大厦则呼作"老二""老三"。感觉很亲切？是的，钢筋水泥的摩天大楼其实也很温暖，有人说它们冰冷，只是因为世人心太冷。

写于 2016 年 4 月 17 日

天桥上

    天桥横架在马路上，桥下车流如水，要到马路对面去，行人就得登上天桥这侧的斜梯，踏过数十米长的桥面，再走下那边斜梯。斜梯中间，筑有平滑的水泥斜坡，方便人们推着自行车、摩托车、行李箱上下天桥。

    每天上下经过天桥的人很多，天桥上的商机很快被商贩们发掘利用起来。桥面、斜梯、护栏上总能看到些"牛皮癣"小广告，刻章办证、售楼卖房、治疗白发脱发，五花八门，旧的痕迹未除，新的就冒了出来。粘贴小广告的人呢，见不得光的，行人很难直接碰到。

    年轻人站在天桥两头向行人散发售楼广告。广告纸张考究，制作精良，宣传的多是远在邻市的海景房、别墅，没几个行人会真正感兴趣，于是或视而不见继续前行，或接在手中瞥两眼没下桥就扔在了桥面，懂规矩讲文明点的，拿着广告下桥后塞进了可回收垃圾桶。三两个老头、老太乐滋滋地捡一大把，拿回家积攒起来卖废纸。

    不宽的桥面上蹲着、坐着几家摆地摊的小商贩，好像也是来来走走换个不停——谁会留意他们呢！反正他们兜卖的无怪乎是那些内裤、袜子、拖鞋、帽子、衣衫、皮带、钱包、皮包、扇子、充电宝、充电器、耳塞、台灯、小头饰、小玩具之类，摊在不到半席大的垫子上，尽量齐整地排放着，再亮个"袜子3块／双""充电器10元／个"的招牌，等着行人驻足。

有时候，天桥上会出现三两家带点神秘气息的货摊，摆着小神像、陶俑、珠子、玉器等古玩，或半摊一幅陈旧发黄、略显脏兮兮的古画，这就是摊贩口中所说的文物古董。到了晚上，借着天桥旁路灯打来的昏黄的光，这些半假不真的古董倒平添了几分真，吸引着不少饭后闲逛的老人蹲在摊前把玩问价。

兜卖药品的摊贩也不时出现，使用扬声器哇哩哇啦地反复推销着他们灭杀蚊蝇蟑蚁的特效药，治疗鸡眼脚气大脚骨等疑难杂症的祖传秘药，自称可美容祛斑的独门产品蛇油膏等，有的摊贩在地上摊着疗效前后对比图例。"走过路过，不要错过……"的噪声入耳，一不小心又看到那低劣难看的图片，爱干净的行人会三步两步快速逃离。

天桥这种地方，少不得有怪人、奇人出现。乞讨者来了，放个瓷缸子，屹蹴着靠着天桥护栏，眯眼养神等待施舍，大约财源不好，后来就不见了。有长得粗鄙短壮的汉子，每天闭目仰卧桥边，单手立掌胸前，口中念念有词，让人怀疑其精神是否正常。

摊贩中也有颇具个性的，有个摊贩兜卖"魔幻小皮人"，约中指高的小人，肚大腿细，体如薄纸，可根据人的口令站立、坐下、作揖、跳舞，相当逗乐，20元一个。有行人觉得好玩，拿手机拍照，摊主立马把小人按倒遮住，说人有肖像权这小人也有尊严因此不能随便乱拍，还说既然它给你带来快乐你最好就买下它，说得行人不好意思，抽身快速离开了。

写于 2015 年 5 月 2 日

车展万象

来参加深港澳国际车展的汽车，果然与街上的汽车有大不同。品牌大，种类多，款式新，都自不必说。更重要的是，车辆给人的感觉和气场完全不一样。

场馆内，展台布置得堂皇华丽，白炽吊灯盏盏，在地板和车壳上映出了朵朵璀璨的"花"。屏幕上滚动播放的汽车广告大片，画面唯美，声效震撼，解说音饱含磁性，把汽车渲染得酷帅到了极致。美女车模们蜂腰长腿，亭亭依偎车旁，巧笑倩兮，美目盼兮，勾人心魄。在这样的氛围下，展台上那些崭新锃亮的汽车，成了精美绝伦的艺术品，任人观赏品评，拍照留影。

作为"车盲"，名车标志认识不超三个，到车展上看车，自己都觉得滑稽。不过，进到车展这么个大秀场后，纵然短衣短裤趿拉着拖鞋，一身夏日闲散的屌丝装束，在展场内熙攘的看客中间，我也丝毫没有违和感。想必是看车展的人中，有太多和我一样的布衣百姓，抱着看热闹的心态前来，顺带打发一个无所事事的假期。

车展原本就是个秀，那些在展台上走秀的模特，香车旁摆着POSE的美女，低胸短裙，明眸善睐，笑意盈盈地对着边上的看客。看展的人便很容易产生错觉，以为美女正对着自己一个人笑。这是表演者的能耐。而今男色也流行，有的展台请来了高大帅气的外国男模做表演。他们走台、站姿、微笑，和女模一样，带着高冷的职业范。

香车美女多，看展者也忘神投入，两只眼睛饱览外，手机、照相机不停地拍摄。有摄影的老者看镜头的眼睛眯得太过用力，眼角侧的皮肤都皱成了半朵花。一位中年摄像者，脖子上搭条汗巾，双手举着相机，脸、手臂已汗涔涔。一位抱着孩子的男子专注地看展台上美女走秀，孩子爬在他肩上已安然入梦。还看到个小插曲，大约是被轿车旁外国美女模特的超级大长腿吸引，一个两三岁的小男孩跑去摸了下美女的小腿，事发突然，惊了美女。美女低头看看是个小孩，只似笑非笑下，继续她的职业表演。

大多展台看展者可以自由进入，与各式潮流车、概念车近距离接触，摆酷拍照。甚或可以坐进驾驶室体验坐豪车的感觉。展台上开展有奖竞猜，主持人暗示题目答案已到了谁都能听出来的程度。扫描二维码送水、送冰棍、送纸巾的小活动很多展台都有，意在聚集人气。展览进行已好几天，穿着职业装的年轻业务员已略显疲惫。只是当你看向他们时，你自己都惊奇自己的眼光居然带电，他们会条件反射般感应到，眼神立刻变亮，抖擞下精神，走过来询问你是否有买车打算。无奈车展上总是看客多。

有几家参展商设的专馆装饰更"高大上"些。同去的朋友感叹，大品牌就是不一样，进入展台内看车都要登记。这些品牌展馆设的客户洽谈区虽是临时搭建，也温馨典雅，看得出商家为成就买卖的良苦用心。

是的，不必谈情怀，所有的一切都是为了买卖。展览再光鲜，秀得再好看，只为了当下或将来某天你能成为他们的买主。展台上那些新车早晚都要褪去光环，和街上那些汽车一样风尘仆仆忙碌奔跑。这是汽车的使命，也是厂商的追求。作为一个没有买车打算的看客，在车展上饱足眼福则已足够。

写于 2016 年 6 月 13 日

深圳手信

《红楼梦》第十二回结尾，林黛玉的父亲林如海身染重疾，写信特来接黛玉回去，贾母定要贾琏送黛玉回扬州，书中顺带提及"一应土仪盘缠，不消烦说，自然要妥帖"。至第六十七回，薛宝钗把哥哥薛蟠从南方带回的礼品分送大观园中诸人，引发"见土仪颦卿思故里"。其中"土仪"一词，现今很少用，意指用来送人的土特产。这个词也让我想到深圳人常说的"手信"来。

印象中，来深圳之前我好似从未听过用过"手信"一词。明白了深圳人口中的手信，就是人们惯常所说的地方特产，我有点惊讶，不明白这么一个文绉绉的词如何会出现在深圳。不过入乡随俗，我很快也习惯称土特产、外出游玩带回的礼品为手信了。前段时日接待几位老乡，有人问我深圳有什么特产可买？我答话时，"手信"二字到了嘴边，想到他们可能和我先前一样，并不理解手信的意思，只能硬咽回去另换句话告诉他们：深圳真没有什么有名的特产。

并非要抹黑深圳，只是我的亲身感受。过去每次离深返乡，我都为给亲朋带什么深圳手信而发愁。带过南山荔枝，绿叶红果，装入印有"深圳特产"字样的纸盒，不必细究荔枝是否真的产自深圳，倒挺像那么回事。问题是新鲜荔枝不是天天有，再者家乡人偶尔会问，深圳那样的大都市还出产水果？这个问题不易解答，我只得考虑挑选其他手信，最终也没选出个所以然。

忧心深圳没有特色手信的人显然很多。网络上有人归纳了"鹏城八珍"，包括沙井蚝、安琪食品、"喜上喜"腊肠、"百家鲜"香辣鱼子酱、"盘中香"特级初榨橄榄油、"蜜雪儿"冰葡萄酒、"鹰牌"花旗参含片、"永福园"桂圆肉等。"鹏城八珍"带着深圳味道，作为手信或应不错，但其中大半我竟未曾听过，更别提尝过、吃过了。而且，这八珍似乎远没有苏绣、杭绣、信阳毛尖、景德镇瓷器那般尽人皆知，也只能怪深圳的城市历史太短暂了。

还有某行业协会结合深圳珠宝、钟表、眼镜、电子、女装等八大优势产业，评选推荐深圳手信"牛标"产品。而无人机、机器人、华为手机等创意产品，也被选为深圳手信、深圳礼物。一下子，感觉深圳手信又特"高大上"，少了手信原本"信手拈来""不在其贵，而在其心"的古意。许多人可能喜欢这些时尚、现代、价格不菲的深圳手信，我自己则只能表示"呵呵"。还好，亲朋们时常叮嘱我，千万不要带礼品回去，也就省去了我挑选手信的麻烦。

返回深圳时，若想带些家乡的手信倒是容易。老家的地方美食、特产，便于携带的，随意挑选点就成。深圳汇聚来自四面八方的人，各地手信带到深圳都是自带小家碧玉范儿的地方特产。现今电商发达快捷，不乐意带着手信旅途颠簸的，也不必专门在家乡买，网上买了快递过来，说是从家里带来的，效果一样。肯定没人去考究你送出的手信有没与你一道前来。

在深圳，"人情薄似秋云"，人与人多的是利益和计较，手信送与不送，有时倒成了难题。听一位朋友讲，她的上司帮了她个忙她没有及时表示感谢，上司便似乎事事刁难。直到她休假回家，带了茶叶过来，送与上司后，情况才有所改善。朋友讲完叹息，这手信作用发挥了，感觉却不再是手信本来的味道。

　　或只是这位朋友多心。但现今在深圳送个手信，还有多少绵绵情谊在其间？不觉间，手信可能已被打上了些许功利痕迹。

写于 2016 年 12 月 11 日

去龙华

龙华在山那边。那里曾经是关外。现今关早撤了，从龙华到福田，依然有人说："英雄难过梅林关"。听起来，感觉龙华有点远。

很长时间，龙华对我而言就是深圳北站。应该有不少人和我一样，是从北站踏入或离开深圳。细想一下，在深圳，默默迎接我们到来，目送我们离开的正是龙华。但因不在那里工作生活，每次去龙华我都只在地铁上，只到深圳北。

有个周末，朋友邀我去龙华玩。来深圳数年居然还没专门去过龙华，我于是立刻答应前往。

去龙华，还是坐地铁。龙华线经过民乐站后从地下驶出，变成了地上高架轻轨。高架两侧是鳞次的楼房，有身姿挺拔的住宅楼，更有很多城中村六七层高的民房。从高架上看，民房已显低矮，不过倒也整齐，夹杂着窄窄的巷道，丝网般密集。

这次终于过了深圳北站。地铁外的景象似乎并没多少变化。地铁又前行两站，出站后我按照指引，步行去朋友家。马路上车辆和行人不算多，冬日的阳光暖暖地洒下来，行道树绿意盎然。经过好几片在关内少见的大块空地，黄土裸露，材料堆积，略显嘈杂，大概是正在平整的建筑场地。

朋友租居在地铁沿线的一处城中村。在村内见到几处闲置的破败矮房，青砖灰瓦，有些年头了。道旁的人家小院，花木扶疏，小花猫懒洋洋地晒着太阳，小黄狗对来往行人已懒得吠叫，可能司空见惯了。"握手楼"上租住着不少年轻人，是周末的缘故吧，阳台上不时出现晾衣服的人影。近午，到处飘荡着好闻的饭菜香。

朋友下厨做了几道家乡菜，招待我和另外两人。大家围坐，吃菜喝酒聊天，谈起深圳的房价都抱怨房价飙升，连租房的价格都跟着涨。朋友感叹，还好能在龙华找到这种民房，七八十平方米，干净安全，每月两千元，经济上尚能承受。虽然每天上班往返关内外，但好歹有了个窝，将来结婚后就先在这里安家。我们附和同意，毕竟都知道在深圳安家的不易。

饭后稍作休息，朋友提议去爬羊台山。"羊台叠翠"是深圳八景之一，我却还没登过此山。我们打车到大浪，在羊台山入口广场看了胜利大营救雕像、文化名人图书馆后，拾级而上。因时间紧来不及登顶，便随意而行。山道沿途并没多少景致。登高后东望，龙华的面目整体显现，倒是难得一见：淡青色的烟霭，轻笼着这一方开阔、蓬勃的生机之地，远山如黛，绿意葱茏，高楼林立，道路纵横。

晚上到龙华地铁站附近的人民路，几位用支付宝，近乎半价吃到了很不错的美食。大饱口福后心满意足，大家就在周边的商业区信步闲逛。

那会儿，华灯绽放，龙华的夜生活开启。美食街内，人流熙攘，香味缭绕。街旁店铺比肩，灯火璀璨，各种小型游艺设施上不少父母带着孩子在玩耍。广场上，商家搭建舞台，开动音响，火热促销。跳广场舞的人群中，居然多是中青年人。他们跳的有点像踢踏舞，吸引了很多人围观。一个四五岁的小女孩站在广场舞队列前排，跟着大人伸臂、甩腿、旋转，跳得很有模样，叫人忍俊不禁。

光影，人声，烟火，市井。这样的场景，让人几乎忘记今夕何夕，忘记这里是龙华。

朋友又说起了他的安家梦，说起他人生的"小目标"。我理解，对于像朋友这样外地来深的年轻人，龙华就是他们梦想开始的地方。或许有一天，我也会去龙华吧！

写于 2017 年 2 月 8 日

华强北

　　如果不提它的名字，它就是一条普通的步行街。地上地下立体商业空间，大小店铺挨挨挤挤；人流往来穿梭，脚步兜兜转转；夜晚彩灯闪烁，璀璨繁华。一切似乎与别的步行街并无不同。

　　它当然是新潮、时尚的。长不足千米的街道上，观景台、休闲凳、花圃、绿岛等设施错落分布。街上路演的商品，多是无人机、机器人、可穿戴设备、虚拟现实等，上前体验一把，即可与时下流行的高科技产品零距离接触。初来乍到的人，大概会惊叹这条步行街的高端和档次，可也仅此而已。

　　但它叫"华强北"。从最初郊区的农田发展为工业区，再成为"中国电子第一街"，到如今因修地铁"蛰伏"4年后的全新回归，30多年来，华强北承载了深圳人太多的记忆和感触。在这个"情怀"满地走的时代，华强北才是深圳人真正的情怀所系。

　　走在街上看到赛格、华强、远望等名字，熟悉华强北辉煌历史的人，必定会感叹它当年的峥嵘岁月。"华强北打个喷嚏，全国电子市场都得颤抖一下。"那时候的华强北名头何等响亮！在华强北打拼过的人，自豪之余或许依稀还能感受到华强北当年弥漫的商战硝烟，还有自己洒下的汗水和泪水。

听说过华强北创富神话的人，可能不时低头看看脚下，品味华强北"遍地黄金"的说法。有报道说，华强北商圈1.45平方公里的土地，曾诞生了至少50个亿万富翁。腾讯、神舟电脑等知名企业也是在这里起步。怀揣暴富梦想、富含冒险精神的年轻人，走在华强北，没准要思量，曾经的创富神话能否在自己身上重演。

偶尔，会有中年女子凑过来低声打探："要发票不？"她们的问话又让在华强北拼搏过的人五味杂陈。曾有那么一个时期，在华强北，"发票、发票、发票！""帅哥，修电脑吗？""靓女，买手机不？"此类声音不绝于耳。还有，在不少人印象里，华强北卖的是"水货"，手机是"山寨货"。穿梭的人流中，"小偷特别多"。商场门口有打扮得特别光鲜亮丽的女子，向过路的女生问，要不要做"兼职"……

那样一个辉煌而纷杂的华强北，好似一片野蛮生长的丛林，泥沙俱下，遍地行走的都是欲望，人们眼里闪着的都是追逐财富的光。电子市场的江湖里，一样的成王败寇。人们津津乐道于某些人的成功，更多的人的血泪则只能独自咽下。

而今，华强北步行街绿草红花，暖风徐来，最适宜选个时间懒散地在街上走走。除了电子产品外，那里还有电器、首饰、珠宝、服装等商品，在华强北没有买不到的东西。最关键的，华强北路及周边各种美食汇聚，小吃、零食、名店应有尽有。奔波之余能在此大饱口福，也令华强北魅力大增。

电子商场内零散空着几个铺位。想想当年"一铺难求"的盛况，有人会长吁短叹，华强北是否辉煌不在？更多人在设想着华强北的未来，期待它再次腾飞。我的一位朋友则更注重当下。他开个网店，销售充电宝、手机贴膜等，因此经常到华强北进货。在他看来，华强北仍然"遍地都是钱"。

往者不可追，未来犹可期。当人们感念华强北的过去或畅想华强北的未来时，华强北当下的那份安稳，或更该让人珍惜。

写于 2017 年 2 月 10 日

大鹏的颜色

我一直好奇，为什么那么多人喜欢去大鹏？尤其在周末或节假日，明知路上可能要堵许久，还争先恐后地前往。对于都市里眼睛和心灵已日渐麻木的人们，大鹏究竟魅力何在？

大鹏当然是美的。阳光、海浪、沙滩，还有那些足以让吃货们流口水的海鲜、窑鸡、客家菜，都让大鹏声名远播，被冠以"中国八人最美海岸线之一""深圳最后的桃花源"等美誉。可我总觉得，大鹏之所以有磁石般的吸引力，原因似乎并不仅在于此。

带着疑惑，我一次次去往大鹏，在沙滩漫步，在海滨眺望，在青山间攀登，在古村落驻足，在美味间流连……力图找到隐藏在大鹏山水间的答案。每次我身心陶醉于大鹏风光的旖旎，却未能解开关于大鹏魅力的秘密，倒是大鹏缤纷的颜色，不断地映入、沉淀在我眼里和心里，让我回味无穷。

大鹏的颜色，首先肯定是古老的。那是一种来自岁月深入的沧桑，青灰、斑驳、穆然，散发着历史的味道。看着大鹏所城巍然屹立的城门，抚摸着饱经风雨侵蚀的墙砖，踏入青石铺就的窄巷，遇见坐在巷口的白发老人，听闻老宅中传出的戏曲声，都会让人误以为跨越数百年，回到了古代。古榕树绿叶繁茂，古凤凰树红花烂漫，人站在树下，眼前的感觉却依然是青灰色的。数百年光阴，这树下有多少过客，没人说得清。而当东山寺的晨钟暮鼓声悠悠传来，古城散发着的这分苍老也更深更浓了。

大鹏的颜色又是神秘的。那是一种来自大自然的力量，苍茫、深邃、玄妙，包含着太多的未知。高耸的七娘山绿林茫茫，云遮雾绕。可以想象，山林之间会有无尽的树木花草、禽类兽类、昆虫飞蝶，在演绎着各自的生死故事。云卷云舒，起起落落，它们的故事未必不及山外红尘中的人类精彩。山脚浩瀚的大海潮起潮落，浪花开谢，许多的沙石、贝壳被推上了岸，更多的精彩留在了海里。面朝大海，思绪飞扬，可以想象美人鱼，想象海的女儿，想象海底世界。海边的山岩、礁石，因地壳演变、海水侵蚀，造就千奇百怪的形状和无法描摹的色彩。面对这年龄达数亿年的地质遗迹，人们唯有怀着敬畏之心，感叹自然之广大恒久，反思生命的渺小短暂。

大鹏的颜色虽然古老、神秘，终究还是时尚的。那是一种来自于年轻人的活力，浪漫、激情、昂扬，透着勃勃生机。玫瑰海岸花海相拥，吸引着无数恋人在那里西装革履、白纱飘飘，拍婚照留住人生甜蜜瞬间。七星湾的游艇迎着海风，剪开道道海浪，金色的阳光下，美女们浪漫妖娆。较场尾充满异国风情、小资情调的民俗客栈，让络绎不绝的游客以为进入的是座欧洲小镇。杨梅坑周边，恋人双双骑着单车，看夕阳落山，看碧波起伏，诉不尽的山盟海誓、浓情蜜意。最健康、刺激的莫如选段海岸线，比如像东西涌，去那里搞个户外，来个穿越。人在海边的岩石间腾挪攀爬，一边是海水，一边是危岩，放飞自我，也挑战自我。

大鹏的颜色当然还有其他许多，像希望、创新、开放、改革……是的，在大鹏，所谓颜色，不一定就是人们眼中大海的蓝、云彩的白、青山的绿、花儿的红。更多时候，大鹏的颜色是一种流淌在青山碧海间的气度和神韵，需要人们用心去看、去感受。

当人们有幸捕捉、感受到大鹏的颜色时，便如开启了一瓶陈年老酒，芳香馥郁，心神俱醉，久久难以忘怀。

大鹏的魅力，或许，就在于大鹏这非比寻常的颜色吧！

写于 2016 年 4 月 20 日

第三部分／巷陌走笔

吃货

　　微信朋友圈里，每天都有不少人晒美食，非但如此，他们一个个还竞相以"资深吃货""标准吃货"自居，唯恐别人不把他当吃货就显得他落伍了似的。

　　这事挺有趣，我小的时候，"吃货"绝对是百分之百的贬义词，骂人时才用。如果谁被别人骂作吃货，那就意味着他好吃懒做，或者吃得很多，干的活却不令人满意。别说自认吃货了，被骂的人多半要怒火中烧的。

　　不知从何时起，吃货一词悄然涅槃，成了美食者自我褒扬的美称，连前面的量词都跟着变化，用"枚"来计数。确实，"一枚吃货""吃货一枚"，听起来比"一个吃货"要显得文雅、时尚、顺耳，也契合吃货们的口味追求。

　　吃货爱炫耀，这是其颠扑不变的特征。一个闷声不吭的人想当吃货，显见有点难度。吃货们显摆时，其意图不只是让人知道他吃到某种美食那么简单，更多的是想表现他能吃、善吃、会吃，他生活得有品质、有滋味。是的，"吃货"现今与生活品质挂上了钩。好的生活才能打造出真正的吃货来。

　　日常生活中的一日三餐，偶尔也可以拍几张照上传微博、微信，秀秀小确幸，露露好手艺，但那尚属生活的必需。吃货们的功夫，在三餐之外。今朝闻得东城深巷有家风味菜肴，明夕听说西市郊外有档乡村野味，即可放下手中家常便饭，呼朋唤友，踏香寻味，杯箸交加，大快朵颐。

包罗万象的城市为吃货提供了绝佳条件。乡间也有三两家吃货们饕餮的好去处，但无法持久满足吃货们的需求。都市里街巷纵横，菜馆云集，如迷宫宝藏永远令吃货们探寻不尽。以深圳为例，鲁、川、苏、粤、闽、浙、徽、湘八大菜系外，还汇聚有诸省的大宴小席、外邦的异域美食，花再多时日，吃遍深圳也只是幻想。

城市那么大，美食店又多处偏街僻巷，总有一些无名小店，连卫星导航仪也难找到，吃货们探路的功夫必须过硬。如果是路盲，还想当吃货，就得掂量下了。最起码"吃友"中得有人是探路行家，城市的褶皱旮旯都了然于心。倘若吃得更远，到外市去觅食，对吃货们的美食地理知识更是挑战。

吃货们肠胃必须要好，什么味道都能吃得，而且别再想减肥的事了，想当吃货就得放下心理包袱。为了省钱，擅长在网上团餐也是必备技能。最重要的，除了能吃，吃货还得能说，得把美食描述得比真尝到时还好吃。我一位朋友就有这种本领，什么美食经他嘴说出，都是好吃得不得了，让听者馋涎欲滴，觉得不去吃简直愧对此生。

梁实秋先生谈及吃和馋，曾写道："上天生人，在他嘴里安放一条舌，舌上还有无数的味蕾，教人焉得不馋？馋，基于生理的要求，也可以发展成为近于艺术的趣味。"吃货们通常追求口舌肠胃的享受，如果谁能稍微沾上点艺术色彩，那绝对算是一枚高雅吃货了。

写于 2014 年 11 月 30 日

"叹"个早茶去

人虽在深圳，可我去吃广东早茶的次数却不多。广东人把吃早茶说成"叹早茶"，其中"叹"是粤语的说法，表达的是"享受"的意思。要享受，自然需要充足的时间和悠闲的心情，作为上班一族，这个前提条件我并不常有。

初入酒楼吃早茶，是因一位朋友的约请。朋友说请我喝茶时，我还"蒙查查"地问："大中午的去喝茶，能吃饱吗？"到了酒楼，我们点了一壶绿茶、两笼蒸饺、三碟小菜，还有两小份粥。紧凑的午间时光，忙着填肚子、聊天、喝茶，还操心着上班，根本没能体会到喝茶的惬意。再说，中午喝的茶还能叫早茶吗？！

别说，还真叫早茶。很多广东人喜欢早上到酒楼点"一盅两点"，吃着喝着聊着，悠哉游哉到中午。一盅茶，两三份点心，很简单，可在广东人心中，叹早茶大概已可媲美神仙生活。

终于挑了个周末，睡觉睡到自然醒，起来，我拖着慵懒的步伐，踩着几近中午的日光走进一家酒楼。本以为叹早茶的人已不多，不想还是被跨着小竹篮的迎宾小姐安排在等候区稍等了一会儿才排到座位。

大堂里每张圆桌边都有食客占据，人数不定，两三人、五七人不等，像我这般一人占了张大桌的倒没几个。哈，小小的自豪一把。在服务员送来的菜单上用铅笔勾勒出自己选定的茶水、点心，下过单子，我的早茶生活也开始了。

酒楼的早茶生意显见很火爆，食客络绎不绝，有年轻人三五围坐，也有扶老挈幼举家而来的，很多餐桌不时"翻桌"接待新客。人多，谈话的多，大堂里就有些嘈杂，可没人在意，人们都陶醉于吃自己的早茶，谈自己的话题，享受自己的时光。

茶水很常见，菊花、龙井、普洱、毛尖、铁观音了，不过这里毕竟不是品茶的场所，茶水只是点缀，没人去追究茶的真假好坏，点心才是早茶的主角。点心名称相当诱人，"肠肠久久"说的是肠粉，有蜜汁叉烧肠、香滑牛肉肠等；"心满意粥"一栏下，是广东特色的明火靓白粥、生滚鱼片粥、皮蛋瘦肉粥之类；"蒸蒸日上"卖的是蟹仔蒸烧卖、娥姐蒸粉果一类蒸食。普通的时蔬小菜也不少，连油条豆浆都有卖。

喝了几盅茶，我要的点心陆续上齐。小巧的蒸笼里三四个精致的虾饺，皮薄得几乎晶莹剔透，笋尖和虾仁若隐若现。状元及第粥里的米和水完全融合，几片猪内脏剁成的碎片点缀其中。明酱蒸凤爪的笼屉里盛着四只"凤爪"，吃起来松软离骨，口味醇香。还有一盘姜汁豆角，绿意盎然，清脆爽口。如此精致新巧的早点让我食欲大开，可还得慢慢吃，慢慢享受。

于是，看着"叹早茶"的食客们，吃几口点心，自斟自饮几盅茶水，什么事都不想，时间便闲散地溜走了。结账离开时，差不多已十二点半，肚子挺饱，捎带午饭一并省略，确实够"叹"。

写于 2013 年 9 月 22 日

酒吧无故事

这年代，哪座城市如果没几个酒吧，可真有点 Out 了。酒吧和霓虹灯一样，渲染着城市夜晚的万种风情。你可以不喜欢，可以不去，但妨碍不了酒吧在城市的街巷扎根开花。

灯光昏暗摇曳，人影婆娑迷离，鸡尾酒的色彩似乎变化无穷；然后，一个烈焰红唇、借酒买醉的女子身旁，出现了一位风度翩翩、端着酒杯的男子，他殷勤地搭话：小姐，这里有人吗？然后的然后，一场艳遇开启。影视剧里，一般都会如此老套地编排故事。当我们几个朋友开玩笑到酒吧去寻找艳遇时，却发现酒吧里根本没有那么传奇的浪漫故事。

我们进入的一处比较喧闹的酒吧，有带了美瞳、画了浓厚眼影的靓女，有震人耳膜的音乐，有游移不定的灯光，还有人造烟雾，就是看不到陌路男女的美丽艳遇，甚至于陌生人之间的相互搭讪都很少。

背景音乐太嘈杂，朋友们说句话都需要"扒耳朵"。这时候投入地"享受"现场气氛是最佳选择。一位歌手开始登台歌唱，唱至兴奋时，他在几位粉丝的护卫下，高唱着绕场一周，很有些明星派头，其实他唱的什么我们根本听不清。听说很多现在有名的歌手早年都曾在深圳的酒吧驻唱过，不知这位派头十足的酒吧歌手数年后能否走红全国。

我们的小心脏有点受不了酒吧里厚重的音乐节拍，喝完所点的啤酒和鸡尾酒，我和朋友们赶紧出来了。有过这次经历，再去，我们只找那些安静的酒吧。这类酒吧有点像咖啡屋，客人都坐在舒适的沙发里聊天。桌上的小台灯温暖别致，杯中饮品在灯光映衬下，色彩很迷人，让人不忍多喝。我们就在聊天间隙，不时抿一小口。这种酒吧里老外不少，谁说老外都爱动不爱静？

七月，大学同窗在广州聚会。晚餐之后，我们几位同学意犹未尽，打车去了琶醍酒吧街。酒吧街在珠江边上，找个露天的桌位，多年未见的同学喝着鲜啤酒，啃着湖北同学带来的鸭脖子，吹着珠江夜晚的暖风，聊着十多年前的校园往事，捎带猜骰子取乐。那种惬意致青春的感觉，或许只有在露天酒吧里才算应景。

一个雨夜，我一人去了香港的兰桂坊酒吧街。兰桂坊在香港岛的半山区，街道逼仄，老旧的欧式建筑里开了很多酒吧。可能因为是雨夜，客人都不算多。坐在一家酒吧绚丽的吧台前，我指划着让服务生给开了一瓶自己都叫不出名字的啤酒。酒吧里乐队演唱的都是英文歌，声音不很大，不会影响到人们三三两两坐在高桌旁闲聊。

除了我，吧台旁一个人饮酒的还有位留着像李宇春那样短发的女子。我不喜欢这种有点中性的女子，也没胆量上前搭讪，抱着不浪费的原则喝完瓶中酒后便出了酒吧。传说中的酒吧故事，还是没发生。

酒吧早已成为不少人休闲解压、会友聊天的时尚场所。洛阳老城在开发改造，栾川在搞山水旅游，那能否开发出像丽江新华街、阳朔西街那样的酒吧街集聚更多人气呢？当然，这是题外话。

写于 2013 年 11 月 18 日

一个人的千味涮

天凉了。下午下班后，我忽然想去吃火锅。

吃火锅当然三五人同去最好。人多，大家围上一桌，热闹，暖和，有气氛。我深圳这边的同学、朋友不算少，同事们关系也挺好。不过这时候，我感觉约谁同去都不大合适，那就自己一个人去。

这情形描述出来，会让很多人觉得怪怪的。怎么一个人去吃火锅呢？家乡善良的亲朋老友们，估计还会对我在异地他乡的"形单影只"心生同情。可在深圳，在我，一个人进行那些惯常看来该结伴同行的活动，再正常不过了。

城市里的人很多，数以百万千万计，每个人能认识和熟悉的毕竟有限。熟人圈子里能时常吃五喝六、聚会玩乐一把的，范围则要大幅缩小。可同聚的人，又有各自的生活。于是总会出现这种时候，想找个人倾诉烦恼而不得，想找个人分享欢乐而不得……只能自己面对孤独。

孤独是一种城市流行病。深圳这座新兴的移民城市，尚且没有形成共同的乡情故土观念，人与人间的疏离感似乎更强烈，人们的孤独感好像也更甚于其他城市。出于好奇，我有几次打开微信搜索"附近的人"，看那些陌生人的微信签名，看到的多是"好想找个人聊聊""想找人一块去爬山"之类孤独的呼唤。

深圳大量制造和堆积着人们的孤独感，又把消遣孤独演变为城市里的一种时尚。在这里，一个人去看电影，一个人去逛公园，一个人去吃火锅，断不会觉得尴尬，不会遭遇周围人异样的目光，反而能享受到针对一个人的专门服务。

这不，我一走进火锅店，服务生问明我是一人前来，便把我引到了一个中空的椭圆形大吧台。吧台上等距离排列着一些小型电磁炉。锅很小，是专供一人使用的那种。可选择的涮菜种类很多，特别是有蔬菜、丸子、肉类、菌类等专门拼盘，点一份就可吃到多种菜。饮料有几种，可以畅饮。

服务生在吧台里面提供服务，食客坐在吧台外侧的高脚凳上，不需要和任何人近距离面对，会产生很超然、很小资的感觉。这时候如果忘记面前摆放的冒着热气的火锅，食客满可以把这里当成欢乐的酒吧。若较真儿，说就是在吃火锅也行，可把围坐在吧台上各自吃火锅的食客们想成是和自己在一块同吃火锅，只是大家都不认识，也相互不说话而已。

趁吃多了休息的空档，我顺应时尚，拍了张火锅和菜肴的照片，发了一条微信，表示"一个人的火锅，一样的有滋味"。火锅吃完，觉得浑身暖和，我来吃火锅的目的也就达到了。

这家店生意很好，店门外很多人取号后在等候空位，其中显见有不少是一人前来。不知道那些一个人来的是否会感觉到孤独。我是从来没有，因为自己的内心已成长得足够丰富和强大了。如果他们觉得孤独，希望他们能在这家叫"千味涮"的店内，把孤独感涮掉。

写于 2013 年 11 月 30 日

咖啡里的慢时光

在大城市，地段为王。居于深圳城市南北中轴线上中心书城，地上只两层楼高，不过并不妨碍它成为深圳的标志性建筑。书城二楼连廊跨过了几条街道，楼顶有宽敞的步行通道，两侧植有绿树青草。这样，书城就似脊柱般连接起了莲花山公园和市民中心这两个深圳地标。街巷市井中传言，书城这道中轴，正是深圳的风水之脉所在。

不用多说，书城内的人气肯定超级旺。凝聚人气的，除了书城里售卖的书籍、音像、小工艺品，以及每晚举行的"深圳晚八点"公益讲座或交流活动外，书城中一众餐饮店也是关键诱因。这很正常，一般人都还是首先乐于追求和满足口福享受的。餐饮店其实也并非什么大牌，无怪乎必胜客、COSTA、星巴克之类都市里常见的快餐、咖啡、甜品屋。

原本平凡的餐饮店到了书城，似乎一个个都必须变得有情调、有品位起来。有家卖面包的小店，起了个"面包新语"的店名，生生地便多了几许小资味道。书城内这些商家的经营和生存法则是：店面可以很小，但要小得玲珑别致；饮食可以不实惠，但要有独特的格调。那些逛罢书市、试听完乐碟后，走入餐饮店的人，吃喝未必最重要，摆一种比较潮的姿态才最要紧。

潮人的必配当属咖啡，书城的任一家咖啡店里，少不得总能看到如下场景：桌上放着杯咖啡或者甜品，也或者茶；桌旁坐着位潮人，近视与否不知道，戴着黑框眼镜，两耳塞着耳机听着音乐，手中会拿本杂志或书，更多是在不时刷手机或 iPad 屏幕。补充一点，作为书城内一家合格的潮店，提供免费WiFi 也早已成为必备要求。潮人们就这样抿口咖啡，刷几次屏，消遣着悠然自在的慢时光。

与书城近在咫尺，每次在书城中看到咖啡店里潮人们旁若无人地自我沉醉，我都会心生羡慕。朋友们知道，我离潮很远，潮是一个与我完全不搭边的词。咖啡则是我喜欢的，按捺不住，我便每每选择在下午太阳略显倦怠的时候到书城咖啡店去。那会儿潮人们都忙去了，店里客人相对稀落，我也不至于因与那些潮人同时出现而相形见绌。

拿铁、卡布其诺都可以，随意要上一杯咖啡，坐在室外茶桌旁，小勺轻搅，奶泡与咖啡渐融，奶香与咖啡香弥升，看着光影渐渐拉长，端杯慢慢品味着咖啡入口后的苦味、香味，然后混合弥漫，终至于醇香。有次，一只通体全黑的流浪猫出现了，幽灵一样，应该是从室外桌几旁边的花丛里出来的。它先地上，再椅子上，又跳到了桌上，拿几乎与毛一样黑的眼看着我。我用勺子在纸巾上沾些咖啡奶泡给它，它嗅了几下，不合口味吧，也没舔吃。再坐一会儿，跳下桌走了。

在微信朋友圈发了张喝咖啡的照片，有朋友评价说："老马你太小资了吧！"呵，这算小资呀?! 那请允许我小资一把。

写于 2014 年 8 月 3 日

痛并快乐地麻辣

去西藏云游数天后回到深圳，见到常在一块玩的两个吃货朋友，我急切地邀请他们：这两天去吃八卦路的麻辣小龙虾吧？

其实我这不能算"邀请"，准确地说，只是旧话重提。对于那家传说中极其美味的小龙虾，我们此前已多次嚷过要去吃。

不料，两个吃货都带着痛苦的表情，对我说："老马，你看我们这样子还能出去吃东西吗？过几天再去吧。上次吃'六婆串串香'的后劲太大了，嗓子至今还发着炎呢！"

镜头切换到我外出旅游前几天。

那天下午快下班时，一个吃货在 QQ 上给我发来信息，要我下班后一块去过过麻辣瘾，并告诉我说："那里就餐环境不大好，味道绝对好，网评很不错。"

对于我们这些吃货已经日渐麻木、越来越挑剔的嘴巴，能刺激和满足味蕾的唯有麻辣。放眼深圳，到处即是以辣或者麻辣见长的川菜、湘菜馆，数量大约比粤菜馆还多。

而我此番在西藏，举目所及，川菜馆也是接二连三。看来无论是在高原还是沿海，全国人民同一辣。

野味在深巷，像"六婆串串香"这类能在吃货中扬名的小店，往往隐藏在城市的犄角旮旯。当天，我们使用导航，驱车七拐八弯才找到了居于上沙食街里的那个不起眼的小店。

店内环境简单寒碜，是那种简易火锅店的标配。"老马你委屈一下，我们知道你挑剔"，俩吃货安慰我。我告诉他们一点关系都没有，我挺喜欢吃串串的，在这种粗野简陋的地方，味道才够野、够正宗。

锅中红汤翻滚，麻辣味儿奔放四溢，我们胃口也为之大开。据说是此店一大特色的蘸酱，开吃时尚能感到其香鲜，随即就被麻辣味给淹没了。

一串串菜肴下锅，竹签很快将筷子筒塞了个半满。俩吃货问起我曾发在朋友圈里的一张照片——那是去冬我回洛阳，在老城北大街夜市一家涮牛肚摊位前拍的。照片中，用过的竹签插在塑料桶里，几乎集成了个草垛，相当壮观。

对于盘子里即将下锅的牛肚，我们对它的新鲜度产生了怀疑。凑近闻闻，隐隐一股不大好的味道。牛肚是否这个味道？

我们讨论后，自我安慰说没有关系。锅里麻辣的沸汤肯定可以消毒，"不干不净，吃了没病"，我们就继续喝着冰啤酒，吃着辣得嘴唇发麻的涮菜。

当天夜里到次日，我到 WC 的次数明显增多。对此后果我习以为常，因我每次吃火锅、麻辣烫后，肚子都会抗议一番。

当那两个吃货说也拉肚子时，我调侃他们：没事，吃火锅拉肚子太正常了，你们不是要减肥吗！我很快恢复正常，稍后就外出旅游了，没想到那两个吃货遭受的重创竟持续了这么久。

他们说以后再不去吃"六婆"了。可对于麻辣小龙虾，对于其他僻藏街巷深处的麻辣美味，和我一样，他们肯定会继续收集打听然后慕名前往，痛并快乐地享受。

写于 2014 年 8 月 23 日

南粉北面

　　人们惯常的看法是：南方人爱吃米，北方人爱吃面。所以，当广东本地的同事们发现我几乎不吃单位饭堂供应的面条和饺子，反倒天天吃米饭时，都觉得不可思议：一个来自河南的"北方人"居然不喜欢吃面食？

　　每每此时，我都抱怨单位饭堂的面实在太难吃，吃过一两次就再没胃口了。同事们难以置信，"不会吧，大家都说挺好吃啊！"我笑笑，"那是你们没有吃过真正好吃的面。"

　　为吃到合口味的面，我经常上街找面馆。深圳的面馆不算少，四川担担面、兰州拉面、陕西臊子面等各地特色面都有。可每一次我都失望而归。上周末，我和老乡专门找到一家开封饭馆，只为能吃碗地道的河南烩面。结果，面刚到嘴里，我心中立马给出评判：不是那个味。

　　传说当年八国联军入京，慈禧太后西逃，经过山西时，当地高官为太后准备了丰厚的面食大餐。膳后高官问太后：这面味道如何？太后只吐出了两个字，"面味"。慈禧吃惯山珍海味，再美味的面到她口中，自然只能吃出面味。现在我似乎比慈禧更悲催，吃到嘴的面根本吃不出面味。

面不合胃口，那只有改吃米粉。我虽非"铁杆粉丝"，偶尔也会吃米粉调剂胃口。不过，米粉吃起来也不尽理想。

在南方，米粉的名目、种类繁多。河粉（宽粉）、桂林米粉、米线（细粉）等是最基本的分类。依蒸、炒、煮等做法不同，又分成肠粉、炒粉、汤粉等。如果按所配汤、料的不同区分，猪脚粉、牛肉粉什么的，更是不计其数。

花样虽多，米粉的做法都一样地"短平快"。做肠粉像摊鸡蛋饼，粉浆往薄铝片上一洒，抹匀，撒点肉末，打个鸡蛋，按个生菜叶，推进烤箱不超30秒，拉出来刮团盛盘，浇上酱料即成。汤粉做法最简单，扯一小把泡好的米粉塞进笊篱，开水里上下浅浅涮几次，入碗浇上高汤，加点配料就搞定了。炒粉也不复杂，待油热了入锅翻炒几下就出锅了。

速度是快，但端上来的米粉经常半冷不热，几乎看不到热气。在天气不太冷的南方，吃这种没有热气，光滑、细嫩、容易消化的米粉，如果不过分苛求味道还算过得去。只是把流水线做米粉的方法用来做面，显然就不合适了。

有些广东人也将吃粉说成吃面，餐馆一般也同时供应面条和米粉，先后端上的两份面条和米粉完全可能是同一个锅里煮出来的。南粉北面大融合，煮面的方法已趋同于做汤粉，简单烫几下就入碗上桌了。真正宽厚敦实的面条在这样快餐化的操作流程中，哪里还能煮出面的韧劲和滋味？

怀念这样的场景：清冷的冬夜，灯火阑珊的街头，夜行人看到了简易塑料棚内透出的一团暖光。在简陋的小凳边坐下，摊主端上一碗热气腾腾的馄饨或米线，舀一勺飘着碎韭叶的香汤入口，温暖立马传遍了全身……

天凉时，无论是南方的粉或北方的面，我心中都有对这股暖意的深切渴望。

写于2015年1月25日

饭堂记

自读初中开始住校起，就与饭堂打交道。二十多年光阴过去，断断续续，与饭堂的缘分至今仍在持续。今后未知的日子里，饭堂肯定也还绕不过去。

中学时代饭堂里吃的是真正的大锅饭，馒头用大箅子、大笼盖蒸，粥汤、面条用大铁锅煮，连带我们用的碗都是大海碗。与当时普通人家的日子一样，饭堂每天都是面条、玉米糁汤、小米粥和萝卜白菜土豆南瓜粉条等家常饭菜，鲜能吃到白大米，肉也很少见。这样的饭菜以填饱肚子为目的，强求不得精致和味道。我因肠胃不好，又挑食，吃得相当难受。

到武汉读大学后，饭堂饭菜与中学时相比大为改观，主食以大米为主，炒菜的品种花样多，味道也不错，经济条件允许的话可单点小炒。先前中学饭堂里标配的那种大铁锅没再看到过。开饭时，几个带着轮子的方形大铝箱满载蒸好的大米饭摆好，师傅根据需要往学生自带饭盒里二两四两地打饭。问题是蒸饭师傅似乎永远不舍得多加水，米饭又干又硬，米粒都不往一块粘，有时还夹生。我自小习惯吃面食，四年大学读下来，对大学饭堂的评价就是大米饭实在不好吃。

大学时的饭堂已不单纯是个吃饭场所。学生们正当青春年华，除了学习，最重要的事情就是谈恋爱。饭堂成了男生们观赏美女的好地方，这次吃饭偶然发现个美女，下次就及早过去等候，期望能再次看到。一来二去，或托人牵线，或主动搭讪，就成了情侣，成双成对，同来同往到饭堂吃饭。可能饭堂提起来总不那么浪漫，许多人回忆大学时光都不愿意承认自己的初恋是萌发在饭堂。

回家乡洛阳工作后，我仍然是孤身在市区。单位里没有职工饭堂，吃饭得自己解决。我自己倒喜欢做饭，又有充足的闲暇时间，便自己买菜来做。刚开始还好，时间一长觉得下班后要辛苦买菜、洗菜，大热的天要下厨炒菜，吃完饭还要洗锅刷碗，实在累人又麻烦。渐渐，做饭的次数越来越少，多在街上吃。这肯定不是好习惯，街上的饭菜卫生状况总难叫人放心。

住处附近有家大型科研院所，其生活区在我住的小区对面，大门进去不远就是他们的职工饭堂。托人帮忙，我办了一张那个饭堂的饭卡，一日三餐终于稳定下来。这个饭堂比较卫生，在开饭时间段进去选好饭菜，吃完后把碗碟交给保洁人员就可以了。饭堂内挂着几台电视，吃饭时可以看新闻。这时候我开始初步体会到饭堂对于一个"单身狗"的极端重要性。而对于那些有家室的人，饭堂同样大有好处，不想做饭时到饭堂凑合一顿，干净又实惠；家里熬了稀饭，到饭堂买些馒头、凉菜回去，也方便许多。

孤身南下深圳，我一个人懒得开火。幸亏单位开有职工饭堂。我每天都去吃饭，饭堂成了我的生活依靠。单位饭堂也给力，三百六十五天天天有饭供应。平时工作日饭菜丰富多样，味道也佳，到了吃饭高峰期饭堂内多达数百人，排队选饭菜就要等好一会。吃饭时每桌的人都在交谈，人声嗡嗡，气氛热烈。到了周末或假期，饭堂里冷清许多，饭菜相对也逊色。不过能有个干净便宜的吃饭地方，已经很不错了。

单位饭堂的好，不独我一人感念。一位同事离开深圳到广州工作后，念念不忘这个饭堂，时常抱怨她广州新单位的饭堂饭菜贵、不好吃，工作人员服务态度差。还有一次我们组织招聘，面试时询问对方为何报考这个单位，有应聘人员开诚布公，说她想报考我们单位的一个重要原因就是曾跟熟人到这里饭堂吃过一次饭，印象特别好。

看来，饭堂好坏也是影响单位竞争力的重要因素。这点毫不奇怪。人活一张嘴，说到底，所有的辛苦奔波、谋生赚钱，最现实的目的还是为挣口饭吃。对普通人，特别是在单身人口众多、生活节奏比较快的大城市，一日三餐如何解决确是个大问题。单位的领导们确实应该用点心思，管理好自家单位的饭堂。吃好了员工们才能更好地出力干活呀。

饭堂吃得久了，嘴巴、肠胃也会腻歪，去吃饭时经常还要做个思想斗争。特别是周末，到单位饭堂吃饭的人稀少，里面冷清得让人觉得自己好孤单、好凄惨。可又能怎样，饭还是要吃的，出去下馆子只能偶尔为之，吃饭堂才是常态。这时候觉得饭堂才是对自己不离不弃的伴侣，不管去或不去、喜欢或不喜欢它，开饭时间总会有准备好的饭菜摆在那里等候着，不冷不热。难怪有人开玩笑，说我是娶了个饭堂做老婆。

写于 2016 年 3 月 28 日

吃在梅林

　　搬到梅林居住后，我喝酒微醉过几次，没去别处，就在梅林的小饭馆里。通常这样发生：有熟人相约，说晚上他要在梅林和人聚餐，邀我同去，"反正你就在梅林，住得那么近，来吧"。于是我便过去，见到一桌多半不认识的人，把酒闲谈倒也快活。酒不必喝多，至自己还可散步回去的状态最好。如此这般，颇有点"就汤下面"蹭饭吃的味道。实际上，则完全因了住在梅林的天时地利。

　　梅林有食街，吃饭地方颇多，这点我刚开始并不知道。那时来深圳未久，看它处于北环大道之外、梅林山南麓的窄狭地带，又见它楼房大多陈旧，街道拥堵，引车叫卖者往来不绝，便忧心这里是深圳的郊区、城乡接合部。住下来习惯了，日渐感受到梅林的诸般好，特别是那大大小小的美食馆子，实在方便至极。口味寡淡时到街巷里去，汤粉面、灌汤包、麻辣烫、煲仔饭、小龙虾，挑个称心的小馆子，口腹很快能得到满足，省却了我这"选择困难症患者"到哪里去吃、吃什么的难题。

　　梅林片区面积不算大，比肩而立酒馆菜系却繁多。梅林食街也不止一道街，片区的街道、小巷、城中村，甚或管理松散的住宅小区内都开有大小各类饭馆，整个片区就是条大食街。人在梅林行，看到路边众多来自神州东南西北的店家招牌，就会不自觉地兴奋，心里隐藏的馋欲也蠢蠢欲动。

所以，不必非要亲自下馆子去吃，漫无目的在梅林的街巷里走走，看食客如鲫、酒客海聊也是乐事。每每夜色降临，盏盏橘灯绽放，我最喜在梅华路上散步。

梅华路人行道较为宽敞，路旁的大榕树绿叶繁茂得让人想放声歌唱。那些食客兴隆的饭馆店楣上彩灯闪烁，有的店前还立着雪亮的灯箱，上面奇巧的店名、略显自诩的广告语都引人侧目。店内靠着玻璃窗的桌位坐着一双双人儿，当在喃喃私语。火锅味、煲汤味、铁板烧、羊肉串等味道，从店家的厨房里、从食客的餐盘里升腾，在街上飘散，带着使命般使劲往人鼻孔里钻，一派人间烟火气。

街道上总能见到新奇，有家铺子店名出奇长，做的是港式甜品和音乐发型沙龙，只挂一个店牌，还好两种生意的店面隔开了。"云味川香"卖的是云南过桥米线和四川冒菜，问店家何谓冒菜，说是重庆麻辣烫的升级版。而那种热气腾腾、场面火爆的餐饮景象街巷里更多见。一家柴火鸡馆子，路边烧着个炭火炉，火苗熊熊，令人亢奋。背街小巷连成片的大排档火爆劲更浓，桌桌食客露天围坐，喝啤酒，吃烧烤，吮小龙虾，看着就觉好滋味。天热了，有些汉子光着膀。白灯光下，白花花一群"膀爷"，吆五喝六，举杯畅饮，很是恣意尽兴。

或许不够雅致，可梅林就是这样。梅林食街鲜见高大时尚的大酒店、情调风雅的小资馆。所有的酒肆饭馆、小店铺、大排档，如同梅林大多老旧的建筑，透着的是本真豪爽，它接地气、平易近人。一块儿吃饭的食客当是贫贱之交。

　　前几天，还在梅林，老乡约我去一家菜馆吃饭。看店名是我在老家时常去吃的一家，以为是连锁店。兴奋而去，发现店已更名，只保留下来的"山寨"二字相同，遂略感失望。还好菜品没变，有旧时味道，吃起来，如老友重逢。

写于 2016 年 5 月 24 日

情思大盆菜

来深圳数年,吃过不少美食,可最具深圳原住民饮食文化特色的大盆菜,我至今未能尝到,每每想起总觉是桩憾事。

遇到传统节日时,大盆菜几乎跟"网红"一样经常刷屏。去年重阳节后,罗湖区水贝村千人同食大盆菜的画面,伴着"水贝村拆迁造就六百家亿元户"的炒作,红遍网络。今春元宵节,福田区沙尾村举行梁氏宗亲大盆菜庆元宵活动,千多位食客举箸同吃大盆菜,热闹得让人心生嫉妒。更早些年头,福田区下沙村举行元宵节黄氏宗亲会,千桌大盆菜、万人共品尝的规模被列入吉尼斯世界纪录。大盆菜如此大的盛名和声势,让我心里对其更加神往。

朋友圈里几位参加过大盆菜盛宴的友人,曾晒出大盆菜的照片。呵呵,实话实说,比之酒楼饭馆里那些精美的菜肴,大盆菜看上去挺土气,龙虾、鱿鱼、生蚝之类的海鲜,鸡、鸭、猪等肉类堆在一个大盆子里。吾友便是这般介绍大盆菜,"也就是各种海鲜、肉、蔬菜,分别烹熟再层层叠叠盛入大盆,最底层,萝卜垫底"。问其味道如何,她不好意思地说:"肉多,不太适合我。"

大盆菜"粗笨"的模样,倒符合关于它最初的源起。相传大盆菜已有七百多年历史,最早是在南宋末年,深圳湾一带的原住民为支援抗元队伍,将多种食物分别烹饪，层叠在一个大木盆里送到军营犒劳将士的，从此代代相传。用以慰劳将士，肯定要符合将士们大块吃肉大碗喝酒的需要。深圳湾附近有伶仃洋，有宋少帝陵，大盆菜支援南宋将士抗元的说法，颇有几分似真。

现代都市人在饮食方面习惯于单个食材的精雕细琢，习惯于诸多小巧碟盘的优雅摆放，大盆菜显然并不合当今时宜。吃大盆菜，其意义，形式大于内容。大盆菜由十多种食材分而烹之，再汇聚一盆，味道相互渗透，众人围而食之，象征着宗族成员的血脉联系。那些动辄上千人的大盆菜宴，聚集的便多是海内外的同姓宗族。外人去吃想必是凑热闹的居多。

尚未吃到过大盆菜，但大盆菜"一盆纳多菜"的特色让我想起家乡的"杂烩菜"。家乡人不太善于烹饪，办红事白事或平时居家过日子，经常就把萝卜、白菜、粉条、豆腐、猪肉等放在一块炒做成杂烩菜。杂烩菜的食材不拘泥，手头有的比如豆角、海带、黄花菜、蘑菇，不管多少尽可放进去一块炒。

有朋友分析，杂烩菜是因为当初人们穷，单样食材买的量很少，不够单炒一盘菜就干脆拼到一块炒成大杂烩。这样解释听起来有点道理。家乡的杂烩菜论起源历史、象征意义，没有大盆菜那么丰富，炒菜时也不需要像大盆菜那样各种食材分别烹饪后再汇到一盆，可一群人、一家人围吃杂烩菜的感觉同样暖意满满。

外人估计挺难相信，在深圳这样的发达城市，城中村中居然不时还有千人同吃大盆菜宴的盛况。同姓宗亲成员千人共吃大盆菜，桌凳罗列、人声鼎沸，那种场面，那种阵势，足以震撼人心。吃大盆菜就为吃个气氛，吃个情谊吧？或只为了感受那种气氛，我一直对大盆菜想之念之。每当看到有人发朋友圈说要去吃大盆菜，我都会跟帖说，求捎带！

写于 2016 年 3 月 6 日

游楼

　　身在都市，吃喝玩乐再精彩，也总有让人觉得腻烦的时候。找个闲暇到外面游楼，倒不适为一个调剂单调生活的好法子。

　　想游楼，完全不用担心跟谁去的问题。临近周末或假期，房屋中介公司那些年轻的小伙们接二连三会打来电话，推介楼盘信息，盛情约你前去看楼。疑惑他们如何知道自己的手机号码？不用了吧，你的信息还有多少是保密的！

　　其实你根本没有买房的打算，类比"不以结婚为目的的谈恋爱是耍流氓"，不以买房为目的的看房差不多可算作小欺诈了。不过中国楼市波谲云诡，环比、同比数据烟遮雾绕，专家观点异彩纷呈，楼市精彩程度堪超 5A 景区，不去游览一番实在太亏。何况，看客数量大约也是衡量楼市兴衰的指标，去游楼也是在为楼市繁荣尽个人的微薄之力。

　　城市里许多犄角旮旯你肯定还未到过，游楼之际，有人引领着毫不费力气就到了平时你可能永远不会涉足的地方，对城市更添些了解。更重要的是，看偏僻地段那些灰头土脸却已身价飙升的二手房，真正是在看一场丑小鸭变白天鹅的奇迹，心中会油然而生几许惊叹和感慨。

中介小伙口中，二手房还在升值，错过了会后悔；新楼盘都是"笋盘"，价格虽高，仍有无限增长空间。装修好供人参观的样板房宽敞明亮、温馨舒适，床铺桌几、家用电器一应齐备，看得人心里痒痒。想想自己的蜗居，还有羞涩的存款，自控能力欠佳时几欲泪奔，有昨日入"楼市"，归来泪满襟之感。

市内"短线游"多了，不妨来个"长线游"。"长线"游楼关键要选对目的地。与深圳毗邻的惠州澳头、霞涌、巽寮等沿海小镇，来深圳推销的都是海景房，带专用沙滩，是绝佳的游楼去处。遇到长假期，不必再在高速公路上看车展，再到旅游景点看人海，避开交通高峰，就到惠州的海边小镇游楼。

途中，可以欣赏惠深沿海高速旁旖旎的山海风光。到达楼盘后，要先听听楼盘介绍，看看样板房，但售楼人员让签认购书时，一定要拒绝。托辞很多，"再考虑一下了""回去和亲朋商量商量了"……售楼人员对此已习以为常，见怪不怪。

装模作样地完成游楼的规定动作后，就可以到楼盘私属的海滩免费享受海上冲浪、沙滩摩托等娱乐，也可下海游泳、在沙滩上晒日光浴。比起深圳大梅沙、小梅沙海滨那"煮饺子"般的人们，这里可谓海外田园。中午，开发商提供一份简单的盒饭，算不上多好吃，仅能充饥。免费的，你还要怎样？

游楼归来，心中可能又会生出点小内疚：享受了免费的交通、免费的午餐、免费的海景，却根本不可能去买人家的房子，这……

别，千万别内疚！这真没什么，这只说明你良心未泯。要怪，就怪楼市风景太奇特、太迷人了吧。楼市风景不好的话，谁还去游呢？

写于 2014 年 11 月 2 日

东西涌穿越

　　沿着海岸线，从东涌走到西涌，既然能成为深圳久负盛名的穿越线路，肯定就不只是走八九公里路那么简单的事了。

　　倘若初次前去，带着对穿越的神往，快步走上山坡，突然看到浩渺的大海、鼋头般扎入海中的山岩、群鲨上岸似的大礁石，人立刻会兴奋满满。

　　俯瞰到一湾白色乱石滩，海浪正反复冲刷着，便是东西涌海岸线穿越的起点。抛开矜持，顺着山壁上陡峭的"路"，踩住岩石，蹬着窠穴，抓住树根，扯住藤蔓，拽着有心人在险要处绑好的缰绳，手脚并用，小心翼翼走下了山岩，钻出茂盛的灌木丛，就来到了海边石滩。

　　石滩上站着不少早到的穿越者，或凭海临风，或站上嶙峋的礁石，背对大海拍照留影。满滩鹅卵石颜色缤纷，形态各异，有人童心大发，捡小石头往海里甩，比较谁甩得远。有恋人依偎着坐在礁石上，面朝大海，海誓山盟。穿越刚开始，人正在兴头上，几乎都要在石滩上玩耍许久。

　　接下来，穿越便在小海湾和山岩岬角间交替进行。海岸上偶见小片细白的沙滩，走起来最是轻松。更多海岸，堆满高低错落的大石块，人得在石块上跨越蹦跳着前行。石块挨挨挤挤，石面也足够大，且被海水侵蚀出斑驳鳞纹，一点也不滑，人只要体力充足，走起并来不算难。

岬角据说都有名字，叫大排头、鬼仔角等，可没有标志，初来者也不知具体到了哪个岬角，这倒也无妨，只管沿着海岸线往前行走即可。

有几个岬角的岩石，褶皱层层叠叠，如倾倒的墙垣摞在一起，穿越者踩扒着岩层上下腾挪，便能通过。有的岬角悬崖壁立，海浪拍打石壁，浪花飞溅，任谁胆子再大，也难过去，都只能顺着小径攀爬到岬角上部的山梁，绕到前面的湾滩。

海湾和山脚相接处，上、下山梁的小径边，丛生着茂盛的草海桐，还有叶边带刺的野菠萝，人穿过时，得提防被野菠萝的小刺划伤。山梁的凹处是风口，不少穿越者驻足歇息，常有一两个村民，在山凹处支摊售卖饮料零食。

穿越途中，最好看的风景，不是海景，而是那些石头。海水会因天晴天阴呈现不同的颜色和气势。那些石头，不管阴晴，一直那样美着。

岸上的岩石，受到风吹日晒、海水侵蚀，生出了各种奇特的纹理图案，如同天书。有处岩石，布满大小窝坑，如蜂巢蚁穴，可能海里某种生物曾在里面安过家。岩石色彩交错，月白色、黄褐色都是寻常，引人惊叹的，是几片浅紫色岩石，温馨绚烂之极。还有处岩石，生着大团铁锈红，似石头上开出了大红花。

经过一处岩洞，洞口开阔，形似苍狗。内深十多米，高约五六米，满地乱石，四壁、洞顶都有悬石，感觉随时会掉下，进入者稍稍停留便赶紧出洞。

海里的礁石黑魆魆的，如同正排队上岸的巨鲨，又如一个个翘首注目潜入水中的鼋头。原本，它们应该是连在一起的，长久受到海浪冲刷，才分崩离析。距离西涌沙滩不远，穿越行将结束处，有个比较有名的穿鼻岩，岩石底部被海水掏空，形成一个洞，如同象鼻被穿，故而得名。

　　石头虽硬，大自然却鬼斧神工，用时间来打磨，让石头开花，使石头变形。人在东西涌穿越，花费不过三四个小时，而沿途看到的那些石头，则已在时空里穿越了上亿年。

写于 2016 年 3 月 14 日

找陌生人玩

孤身漂在深圳，每逢佳节，心中自会涌起思亲念旧之情，令人郁郁幽幽，肝肠寸断。好在节日并非天天有，而且过节时城市里气氛喜庆欢乐，也有助于驱散愁绪。倒是寻常日子里的孤单寂寞冷，出其不意便阵阵袭来，恰似二三月里的料峭春寒，让人防不胜防，凉意浸身。

同城的那些同事、同学、老乡各有各的生活，隔段时间能聚个餐、喝个茶，聊些无关痛痒的话，已属不易。日子无限，朋友圈有限。朋友圈里那些熟悉的人，当作调味剂可以，但千万别指望他们能随叫随到地与你共悲共欢。

一个人，总有同类。深圳的人口那么多，使用社交软件上"附近的人""附近的群"功能，找到有共同爱好、共同兴趣的人并不难。甚至不用刻意去找，或主动或被动，你就已加入了多个微信或QQ群。

很多时候，在群里面陌生人远多于认识的人。对群里很多人，你也是陌生人。没有关系，寂寞的日子实在难熬，不妨就与陌生人一起玩吧。

初来乍到，可发个红包给群里的人抢抢，作为见面礼。大小节日大家云集群里，疯狂发红包、抢红包，热火朝天，不亦乐乎。你发与不发，发多发少，抢与不抢，纯属自愿，别计较得失，更别计较"手气最佳"的人你熟与不熟，图个乐呵而已，就当是陌生人在做一场集体狂欢游戏。

纵然是在虚拟的网络世界，大家既能相遇，必有共通之处。非诚勿扰之类的相亲交友群，集合的是寻觅佳偶良缘的男男女女。来自相同地方的老乡，你拉我加，凑成了同乡群。毕业于同一学校的，结成了校友群。志趣高雅点的群似乎更多，穿越、户外、游泳等各类运动项目群、明星粉丝群、文学群……

群里那些陌生人距离并不远，甚至就在你的附近。相亲交友群里，热心人发个公告，说打算组织个时尚"PARTY"，想交友择偶的人自愿报名，集会很快就组织起来了。打算周末去爬山、打球，想约人同去，在群里问一声，应者也不少。问话和应声的人相互可能仍是陌生人。

陌生吗？见了便不陌生了。这是个陌生人社会，QQ"附近"功能的介绍语便是："认识附近新朋友，这里只有陌生人"，你得学会和陌生人玩。你们来自同一个群，有共同话题，不用发愁没话说。几次聚会或活动后，陌生人或者变成了熟人，或者继续陌生下去，全凭各方意愿。

陌生人一块玩倒省却不少麻烦。相亲聚会上，两情相悦时尚可考虑敞开心扉，其他活动不必相互打探情况，如果被人问起，编个理由搪塞过去也不用为不坦诚而心有愧疚。若有聚餐、交通花费，则是 AA 制，大家交份子钱或转钱给埋单的人，干干脆脆毫无扭捏，没有熟人间那种当面抢着埋单背后又骂别人不付账的虚情假意。

深圳还流行一种陌生人交往方式，以孩子为媒介。自家孩子在学校如果和别家孩子玩得好，家长们就会经常相约带孩子外出活动。家长们未必知道彼此的名字，别家孩子叫丹丹，就称呼别的家长"丹丹爸""丹丹妈"。如此半生不熟地带孩子一块玩着，也没有什么不适。

在人多的群里找陌生人玩，一般比较可靠。倘若大夜半在微信查看"附近的人"，有闪着美眉头像的人跟你打招呼："约吗？"即便你有不良想法，也还是别约了。

在陌生城市里与陌生人玩，是为排遣寂寞孤单，虽然比较时尚，但更得注意安全是吧？

写于 2016 年 3 月 17 日

深圳百公里

或者是一时兴起，或者出于朋友们口中所说的闲得无聊，作为"伪徒步爱好者"的我，竟然下定决心参加今年磨坊深圳百公里活动。微信报名不很顺利，填好信息买好保险，又托熟人介绍，加入到一个八人小队，队长申报了两次才报名成功。

报上名后，偶尔抽空爬爬山、跑跑步，是谓百公里活动前自我安排的"拉练"准备。活动前的周五下午，我请假去欧洲城迪卡侬体育用品店采购了背包、徒步鞋、运动袜、登山杖、手电筒。当天上午，心急火燎到超市买来雨衣、饼干、水果、矿泉水。下午一点多装好背包，整装待发时才后悔早上应该多睡会儿。

在地铁蛇口线香梅北站上车，车厢里挤得要命，清一色年轻人，都背着鼓鼓的包，不用说，肯定是走百公里的。大家兴奋地相互看看笑笑，有人拿着手机拍攒动的人头和那些装束奇特者。接下来的站点想挤上来个人都难，到了世界之窗站，站台上更是大堆人在等候上车，引得车上的人惊呼：这么多人！

到了离百公里开始地点最近的湾厦站，地铁车厢瞬间变空，人流成堆成团涌在出站闸口，出个站花费了近十分钟。上到地面热烈气氛立刻扑来，人行道上满是各色运动装扮的年轻人，诸多运动团队的旗帜穿插其间，喊人的、等人的、集合拍照的，人声鼎沸，警察用扬声器反复呼叫着"请大家尽快离开，不要在地铁站口停留"，完全无济于事。

可能因为出站口附近人员过于集中，手机信号受到影响，加上和同组队员不认识，费了好大劲，我们小队的四个人才凑到一块。原队长到外地跑马拉松去了，队长位置转给了一有户外运动经验的队员，还有一女生因出差退出，队伍只剩下六个人。我们四人聚齐后，走路前往百公里起点深圳湾运动公园那里与另两人汇合。

今年的深圳百公里活动，据说有超六万人报名参加。深圳湾运动公园人头攒动、五彩缤纷。发起方磨坊网虽声称不是商业活动，但诸多商家肯定不会放弃这么好的商机。网络平台、饮料、户外运动等商家设置了大型"起点"标志宣传板，参加者忙着摆Pose留影。有商家推行扫描二维码赠送饮料，排队的人不少。这种场合自然有人要打扮成古装或卡通动漫形象"搞怪"，自己秀一把过瘾，也为活动增添不少趣味。有人专为"捡妹子"而来，背包上贴着"捡离异少妇、失恋妹妹"之类搞笑文字。有的女生也不含蓄，背包上很直白地贴着"求捡""待嫁"。看来，微信上"百公里路上可以捡到不少妹子"的传言，一点也不假。

我们小队集合齐后，在免责声明上签名按指纹。代队长交了免责声明，领来蓝色签到卡片，发给我们几个后就走了，他是专业级徒步，行走速度常人赶不上，无法与我们同行。刚开始和我一块走着的三个人，走着走着也散了。

那就一个人"走吧"。

其时快到下午五点，天微微阴着。深圳湾上水天一色，满目苍茫。对岸如黛苍山浮立烟波间，如海中蓬莱。长桥卧波，连接此岸现实和彼岸太虚，似通仙之路。深圳这边的高楼影影绰绰，好比海市蜃楼。整个湾区就是幅无与伦比的水墨画。岸边不太宽阔的绿道上，数万人徒步行走，摩肩接踵，绵延数十里，阵势相当震撼，但若从高处望，恐怕都成了水墨画中微不足道的点缀。人太多难以走快，饭后散步般的节奏，倒适合趁机欣赏深圳湾的风景，真正是"用脚丈量深圳"，"用最简单、最原始、最质朴的方式感受我们的城市"。

天空阴沉渐重，快到红树林时电闪雷鸣，先是稀疏的大雨点砸下，没一会便暴雨倾盆。海面上空炸开的闪电，头顶滚过的雷声，让我心里隐隐害怕，站到榕树下避雨都担心被雷击。雨衣只能护着衣服，鞋子、袜子很快湿透。这时候我心里有点打退堂鼓，这是老天给我们这些百公里徒步者的下马威吗？在竹子林出口就有不少人选择放弃行走，但留下的仍是绝对多数。

沿福荣路、福强路等城市绿道走时，雨已渐停，路边不少小摊贩兜卖玉米棒、煮花生、羊肉串、烤红薯、水果、饮料，还有卖雨伞、雨衣、袜子、鞋垫、护膝、荧光棒、拐杖的，徒步所需的补给路边都能买到。仍然有零星的运动团队、商家让扫描二维码关注它们，赠送水或袜子、鞋垫。见到一位女子背上雨衣盖着高高的"行囊"，细看里面坐了个小孩，一问小孩才两岁，女子说她从起点走的，争取走到福民路就下撤，经过她身边的徒步者都说要为她点赞。到滨河皇岗立交下，不少人坐在桥洞里，脱了鞋袜拧袜子里的水或换袜子，一个个状态狼狈，可看起来又都很乐呵。

接下来穿越中心公园、笔架山公园，往东向罗湖方向走。城市的夜景恍恍惚惚，水汽笼罩，高楼上的彩灯彩屏似夜幕上开出的天眼。走吧，坚持走吧。鞋子湿，实在难受时就在路边找个地方歇歇脚。水泥地面、台阶原本被雨水浇得湿漉漉，前面的人擦过、坐过，半干不湿，后面的人便能直接坐上去。在街边脱掉鞋袜，赤着脚光着小腿，拍打肌肉，全顾不上什么不雅了。徒步者不时拍街景拍路牌，街边行人也有拿着手机对着连绵不断的徒步者拍照录像的，徒步者成了他们眼中的风景。路口等候徒步者通过的司机，不知道情况的会问这些人在干吗，了解情况的人就会说：走百公里啊！

距离第二签到点东湖公园越来越近，我肚子越来越饿，路边尚未打烊的兰州拉面馆、沙县小吃馆等挤满了人，进去一家问有吃的没，店家吆喝道"没饭了，没饭了"。好不容易在爱国路一家客家粉面小店要到一碗米粉，店家想必是应付着做的，吃起来寡淡无味。顾不上那么多，多加些辣椒、醋，稀里哗啦吃完了。拼着劲到了东湖公园，算是走完了三分之一路程。

东湖公园签到点四处都是人，在那面标志第二签到点的背景板前，人们争着拍照。许多人拿着盖好印戳的签到卡排队领取一罐免费赠送的红牛饮料。更多的人，找稍微干爽的地方脱鞋料理脚伤。我拿出刚在路边药店买的创可贴，贴在脚掌上快起泡的地方。时间已是凌晨一点多，平时都该在睡梦中了，这会儿竟然不觉得困。

挂着登山杖，随着人流沿着深圳水库绿道往上走。夜间行走看不到什么景色，月亮出来了一会儿，又回去了。埋着头只管往前走，绿道起起伏伏，一弯又一弯，走走停停，走到仙湖驿站，脚掌已经开始疼痛难忍。人多地湿，坐的地方都没有，我铺开雨衣脱掉鞋袜，换上备用的袜子，再吃点东西，感觉稍好了点，方又出发。

仙湖到大望一段，铺的木板栈道走起来比较舒服。梧桐山沿河路段，河道就在边上，灯光下能看到河面窄窄的，河边和岸坡上满是植被，有趣的是蛙声、蛤蟆声不断，凉风阵阵吹过，人的疲惫感被驱散不少。然后又走公路，过两三个村庄，终于到达第三签到点梧桐山小学。刚走过的这段行程，不知是夜半身累还是道路起伏曲折，虽说才十二公里，但休息时和周边的徒步者搭话，都说感觉好漫长。

开始下段路程前，有志愿者站在路口提醒，前方梧桐山二线关巡逻路有五六公里是比较崎岖的石板路，没有路灯；到盐田的十多公里中间没有下撤点，请大家量力而行。虽然难受，咬咬牙我还是决定要走。脚掌上起了泡，踩在凸凹不平的石板路上，针扎般难受。石板间缝隙不小，不小心的话还容易崴脚。一拨拨上山的徒步者打着手灯，用拐杖支撑前行。路边上、山腰上的树不时啪啪掉下水滴，让人以为下雨。如此艰难地走了多半时辰，终于上了水泥路。在一个路口还有志愿者在那里供应鸡汤，让人感觉温暖得很。

天亮后四顾都是白茫茫的云雾，湿气太大，我索性穿上雨衣。在盘山路上走着，听到有人说实在走不动了，他的伙伴鼓励他要坚持，说这里回头也不可能了，只有继续往前走。早上近七点，终于走在了下坡的山路上。下坡路这会儿走起来更难，腿和脚已不听使唤，脚趾头前面顶着鞋子又特别痛，真的是煎熬。

下山后，时间七点半左右在街道边休整，路口的志愿者说大梅沙签到点只剩下八公里。边上一位徒步者在棚下打开睡垫，四仰八叉地休息，看来是又累又困到了极限。仰望梧桐山，上部云遮雾绕，下部绿脊层层叠叠，美景如画。

往大梅沙前行，先走山脚的绿道，然后是海滨栈道。我的身体感觉这时候开始变差，觉得冷、饿，吃点东西喝了水还是不行，脚掌上的红水泡鼓得要破，后脚掌侧边的骨头一挨地就痛。海边海浪拍打岸边的风景，我已无心情去观赏。就这样挪一段歇一会，九点半左右终于到了第四签到点大梅沙。

签完到后，我决定放弃剩余三分之一的路程。走百公里之前，我想着一定要全部走完，顺带在朋友圈提升下自己的逼格，也以为凭借意志绝对能走完，但意志还是败给了身体，意志不会飞，它终须靠双脚才能行走。如果说走百公里是为找虐，我脚上的血泡，疼痛的脚掌骨，已把我虐得不轻。百公里活动公告上也说："以挑战极限为耻，以敢于放弃为荣"。那就放弃吧，能走完三分之二的路程，已是我徒步行走最长的纪录了。

归来，在朋友圈收获了满满的点赞和祝福。明年或者今后，我还会走这虐人的百公里吗？也许不会了，人生有这一次经历就够了。也许还会走，生活和百公里活动一样，有太多不确定，没准哪年百公里前我又心血来潮报名参加了呢。

走深圳百公里的感受，那些不去走的人永远不会懂。

写于 2016 年 3 月 21 日

去华侨城赶集

　　每月首个或第三个周末，可到华侨城文化创意园赶深圳有名的 T 街创意市集。去赶集，不必起早。市集上的摊主们不像寻常市井商贩要为生计起早贪黑，他们往往上午十点后才悠哉游哉出摊。若起个大早去，倒真要赶个晚集。不妨向摊主们学习，轻松随意点，临近中午甚或傍晚四五点，不紧不慢地赶集去。

　　市集设在文昌南街，规模不大，五六十个摊位，统一的摊棚摊架，背靠背齐整排列。摊上售卖或展示的是些小巧精致的产品，帽子、包包、T 恤、丝巾、首饰、玉石、绘画、瓷器、雕刻，种类很多，纯手工制作，艺术性、观赏性远大于实用性，这是创意市集的特色所在。创意市集玩的就是创意。

　　那些满含创意的产品，古朴的、时尚的、清新的，各种调调和风格都有，琳琅展现在赶集人眼前。赫哲族鱼皮艺术画，天然树叶做成的包，干花摆成的花艺，现场演示的活字印刷，上了年代的画像、藏书票，深圳土制明信片等，被摊主匠心别具地摆出摊，令赶集者惊喜不断。即便没有买的打算，单是多看上几眼也是种享受。

摊上产品有创意、有个性，摊位的名称也相当有趣。看到"吃茶去"，以为与茶叶、茶具或茶艺有关，实则是一家手工 T 恤品牌。"破烂儿大老王"不是收破烂的老王，它卖的是一些五花八门、略显陈旧的艺术品。"黄药师"也不是东邪，而是"深圳第一家原创手工皂店"，他们悬挂的黑板上彩笔写着"生命应该浪费在美好的事物上"，有点心灵鸡汤味，不过细想，人生或许确应如此。

摊主们看起来颇有些文艺范儿。穿着传统汉服的男士古风古意。身着旗袍的女子婉约优雅。一顶帽子，一绺黄发，一个小辫，一幅手环，出现在他们身上显得相当自然，因为他们是被摊位上的手工艺品烘托着，他们本人也可能就是创造这些工艺品的"手作人"。他们轻声细语，耐心回答赶集者的询问，指点赶集者亲自动手体验手工制作过程。其神态举止似经历了手作工艺的淬炼，安然、恬淡，与创意市集的氛围融为一体。

赶集的人不少，但没有乡村集市的熙攘。人们在摊位前流连忘返，拿起摊上奇巧的产品把玩细看，向摊主请教有关知识；打算购买时，轻声和摊主商量价格；看到喜欢的或感兴趣的，大都要拍照。市集上的摊位不完全固定，这次赶集见到的，下次来未必能再看到，拍照似乎更有必要。赶集的人中偶有几个衣着装扮比较特别的，大约是专门来赶集的艺术从业者，同样成了集市上的风景。

在一处稍微靠边的摊位上，摊主带来只宠物狗，狗背上托着张印有二维码的卡片，摊主说扫描后关注、打赏，小狗就可赚取狗粮。小狗通体白绒毛，点缀着些黑点，超级萌，引得不少人围着它拍照，它竟然害羞地躲闪。不知道它赚到狗粮没，如此创意着实为摊主的摊位赚到不少人气，为创意市集增添了不少趣味。

创意市集逛累了，到边上小店点杯咖啡，悠闲歇息。文化创意园不少楼体的外墙上，或绘着大幅壁画，或爬满藤萝。小店门口，人物雕塑和店面装饰造型别具。坐在露天茶座，花木掩映，清风徐来，翻看照片回味着市集上流淌的散淡格调，个人便陶醉其中，暂时忘却世事纷扰，唯有日头投下的数点亮光，在茶桌上缓缓移动着。

写于 2016 年 8 月 14 日

走近深圳河

作为深、港之间的界河，长期以来，深圳河对我而言完全是一个遗世而独立的存在。知道歌曲《东方之珠》开头那句"小河弯弯向南流"说的是它，知道它曾经叫"明溪""罗溪"，1898 年，因《中英展拓香港界址专条》才改称深圳河。但我从没有机会近距离靠近它，只在偶尔跨境去香港时，隔着福田口岸大桥两侧的玻璃看到过它略显浑浊的水波；或者在东去盐田的公路上，隔着边境线上的铁丝网看到过它在山谷间若隐若现的水流。直至前几天，参加了深圳市水务局、市史志办、深圳晚报社组织的"治河 34 年回眸，探源深圳河"活动，我才得以走近深圳河，看到了它真实的模样。

我们先去到深圳河发源地探源，在梧桐山牛尾岭南坡找到两个小而浅的石坑，形如葫芦瓢，上侧坑内是几块垒摞的山石，都不大，生着些湿苔，石隙间有水渗出。石头的罅隙间扎着一小段竹片，水流沿着竹槽凝成一脉细流，轻声跌入下面的石坑聚成一小潭水，约两个面盆大小，一指深浅。同去的平湖街道上木古社区蔡炳仁老人讲，我们今天运气好，源头主要是靠雨水，平时在枯水期潭水早干涸了。那线泉，那潭水，倒也清澈，大家纷纷接水、掬水而饮，品味深圳河源头水的甘洌。

我有点失望，感觉这个小水潭不像一条河的源头。此次活动的组织者讲，在雨季，这里的水会汇成条小河，流入下面的黄牛湖水库，水库开闸排洪时，水便通过排洪口进入沙湾河，这里就是深圳河的第一滴水。我查看手机地图，在这源头附近找不到河道的影子。想想我每天经过的新洲河，也似突然冒出来的，深圳河上游河道大约也因为城市建设被遮盖或填埋了。无论如何，在牛尾岭能找到这一潭水都值得庆幸。我也便相信，这里是深圳河的源头，是深圳河的初心所在。

沿着碧波万顷的深圳水库，我们来到水库上游的截排管理站，沙湾河到了这里只有一带窄窄的浊液，被彻底截流后通过涵洞输送到罗芳污水处理厂去。队伍里一位环保志愿者告诉我，深圳水库下方的排洪渠差不多就是沙湾河原来的河道，流下去与莲塘河汇合的地方叫三岔口，三岔口下游才真正叫深圳河。走过牛尾岭，看过沙湾河，我真真觉得深圳河上游有点面目全非、支离破碎，想认清它的河道不是件容易的事，这或许就是城市发展的代价。

在边防战士引领下，我们从鹿丹村进入深圳河边防管理区。这里面确是个神秘的所在。铁丝网隔开了两个世界，网外是深圳的高楼、马路，网内则是静谧的深圳河。几乎所有人都是初次来到，进到里面都极其兴奋。

沿着河堤徒步而下。堤上是连绵的草坪和绿化树，河道内香港那侧岸边是茂盛的野草，深圳这边，野草被刈割得有点光秃，边防战士介绍，水草是为管理需要专门清除的。深圳河水流缓和，几乎看不到它在流淌。开始时河流水质看起来并不大好，鸟也不多。越往下河水越显丰沛，不时看到白的、黑的鸟儿蹁跹飞翔，河边的淤泥在阳光下显得平滑澄亮，上面留着许多爪痕。

顺河行进，在河面开阔处回头望，蓝天白云、城市的高楼大厦倒映在水面，美得众人都有点舍不得前行。一位沿河的原住民向我们讲述了当年在深圳河养蚝捕鱼的往事。治河办工作人员则介绍说，深圳河过去因河道弯曲、海水顶托，导致雨季洪水泛滥、祸害两岸，然后深、港两地携手，已开展三期治理工程，第四期治理明年也将完工。有同行的人开玩笑说，以前深圳河污染严重、臭气熏天，岸上的房子三千元还卖不出去，现在都卖五六万了，来河边过冬的鸟类也越来越多，有黑脸琵鹭、绿翅鸭、苍鹭、反嘴鹬……

过了上步码头，河内出现不少船舶，有运砂船也有清淤船。深圳河居然通航，这是我不知道的。那些水鸟似乎已习惯了船舶往来，依然在河面上、在水草间自在地起起落落。走过连接深圳、香港的落马洲大拆和福田口岸大桥时，众人都感叹：以前过境时从上面走不觉得，现在从下面看桥蛮壮观的。

再往下河道越来越宽，水鸟越发的多，水中渐渐出现了红树，直到新洲河口西边一团蓊郁的红树林出现在眼前，那便是红树林保护区。深圳河，也走完它的行程，流入深圳湾融入了大海，而源头那潭清澈的初心，不知深圳河还否记得？

离开深圳河，我想起"谁非过客，花是主人"这句话。深圳河作为边防管理区，我们都只是过客。而随着深、港携手持续开展治理，河水水质变得更加优良，必定会有更多鸟儿到这里栖息繁衍，与我们和睦相伴。

鸟儿，才是深圳河的主人。

写于 2016 年 12 月 18 日

深圳寻古

深圳给人的印象，通常就是发达、现代、时尚。突然说深圳有不少历史遗迹，估计许多人难以置信。但这确乎是真的。作为改革开放之城的深圳才三十多岁，而大鹏半岛咸头岭遗址的考古发掘则证明，距今六七千年前，已有人类在这片土地上活动了——深圳的历史，其实很古老。

晨昏交替，岁月消磨，历史遗留在深圳的痕迹大都烟消云散。也有些东西幸运地保留了下来。它们可能是一座古城楼，一片古村落，一棵古榕树，也可能是一座古庙，一口古井，一间祠堂，还可能是一座牌坊，一条老街，一家老店……它们带着岁月风尘栖身在都市的喧嚣光影里，静默无声，只在不经意间向人们打开道缝隙，让人得以窥测过往的只光片羽。

出于个人爱好，对稍微上点年月的东西我都有莫大兴趣。深圳的那些历史遗存零散分布在城市的高楼大厦后、山海绿树中、民房村舍间，我经常是地铁、公交、的士、步行多种出行方式并用，借着地图导航去寻访。像有名的大鹏所城、南头古城、凤凰古村、甘坑小镇、中英街，自不必说了，肯定要去的。少有人去的赤湾炮台、宋少帝陵、大万世居，我也饶有兴致地去了。

有朋友吃惊地问道：你是来深圳考古的吗？到深圳这么多年了，有些你到的地方我都没去过呢！

我不考古，我只是想看看那些在时光长河中沉淀下来的遗存现今是什么样子，顺带联想一下历史和过往。在宋少帝陵，回想陆秀夫"负帝殉海"的壮烈，思量其到底是愚是忠。天后宫前，遥想渔民"辞沙"远行，代代传承延续着海上丝绸之路。在大鹏所城，在赤湾炮台，似闻炮声隆隆，感叹鸦片战争时林则徐、赖恩爵等人的民族气节。中英街内，则发出了对清政府丧权辱国的无奈叹息。东江纵队北撤纪念亭前，似可看见战争硝烟滚滚，抗战勇士浴血奋战。

因为喜欢，寻访这些历史遗存无须用值与不值来衡量。宋少帝陵，我猜测十有八九是后人穿凿附会而立。即便为真，一座七八岁幼儿的墓能有多大价值？去沙井看江氏大宗祠的蚝壳墙，路上花费的时长，远超停留观赏的时间。到坪山的大万世居时，里面尚在整修，处处残垣断壁，只领略到了客家围屋的大概轮廓。不管这些遗存是真是假、颓败与否，它们都代表着时光和历史。人站在它们面前总能感觉到生命的短暂渺小，进而褪掉几分浮躁功利。

还有个感受历史的渠道就是走进博物馆。深圳的博物馆很多，公立、私立都有。博物馆展示主题丰富多样，除了代表传统文化的瓷器、陶器、书法、字画外，钢琴、自行车、居家服饰、红木家具、版画、油画、客家民俗、潮汕民俗、古生物都有专门的博物馆，种类多得有点匪夷所思。不过，哪样东西没有历史呢？就是街上常见的自行车，到博物馆去了解下它的缘起发展也能增长知识。我有幸参加过有关单位举办的面向市民的"走进博物馆"活动，一群人同去博物馆，连历史文化都热闹起来了。

每次寻访古迹或走进博物馆，我都发照片到朋友圈。在这求新求快的时代，在时尚发达的深圳，以历史遗存为背景照相，好像也蛮有意思的。

写于 2016 年 10 月 16 日

广场歌手

　　单位附近有个广场，算是深圳的中心广场。到了晚上，天气晴好的话，广场上会聚集很多人：摆地摊的，散步的，闲坐的，伴着《最炫民族风》跳"广场舞"的……这些景象没啥特别，夜晚在国内所有城市的广场上差不多都能看到。可是，慢着，人群里分明有乐队合奏和歌手现场演唱的声音传来，是谁在歌唱？

　　挤进去看，真有乐队在里面。六七个人都很年轻。装备也齐全，架子鼓、电吉他、贝斯、键盘都有。乐手兼做歌手，唱的都是曾经比较流行的歌曲，《光辉岁月》《飞得更高》……音响大概开到了极致，相当震人。乐队前面敞摆着吉他盒，接受人们的给予，收到的钱倒也没多少。

　　有时，会有两三支乐队同来广场演唱。狭路相逢，就有点对擂的意味了。想把人们吸引过去，单靠高音显然不行，得想些新花样。有支乐队就请来了一位拉二胡的老先生，与他们摇滚化的乐器合奏《上海滩》《月亮代表我的心》之类的歌曲。中西合璧还蛮奏效，但吉他盒里的钱似乎仍没增多。

　　这些乐队当然不会依靠吉他盒里的那些钱生活。他们在广场上演唱只为宣传和锻炼，为的是将来能唱到更好的地方去。他们的歌声有没触动都市人寂寞的心弦，有没人专为倾听他们的歌声而来不得而知。但月复一月，他们已成为广场的一部分。我每次路过，感觉广场有些冷清时，会在心里想：这些乐队今天没来——他们确实是隔三岔五才来。

除了乐队，广场上也有几位单独开唱的歌手。印象较深的是一位女歌手，有段时间几乎每晚都来，站在那里唱啊唱，从《烛光里的妈妈》之类的老歌到时下网络上的一些口水歌都能唱。她唱得很卖力，每晚差不多能唱二十多首。可惜围在她周边听她唱的人很少，她面前纸盒子里的钱更少。

她还经常带个小孩来，一手拿话筒唱歌，一手牵着小孩哄。这种样子让人很不舒服，对小孩的影响肯定很不好，而且她每晚唱那么多首歌，完全成了没有感情的"发声机器"。我和朋友断定她是纯粹靠演唱谋生的，认为她年纪轻轻应该去找份工作糊口。现今，可能因为被乐队抢了听众，她从广场上消失了，听说又去其他地方唱了。

也有歌者根本不在乎听众。我时常看到一位长相极其丑陋的歌者，来了就窝在一处灯光昏暗的树下，拿着话筒呜呜啦啦地"唱"，谁也听不清他"唱"的什么。或者，根本不能说他是在唱。他可能嗓子受过伤，在重新练习发声吧？好在他声音不大，音响也不高，可能他也怕惊扰路人。

广场上的这些歌者，旧的去了新的又来。与电视上那些动辄煽情、催泪的歌者相比，在他们的歌声里，人们很难听出什么感情和故事来，当然人们可能也根本不会去关心。毕竟大家都只是路过。

写于 2013 年 8 月 19 日

IT 民工

小陈是我新认识的一位朋友，快三十岁了，看起来比较"宅"，在一家IT公司从事编程工作。

我自己是个只会用电脑打字、上网的人，对 IT 业知之不多。在我看来，IT 业是个高深、尖端的行业，那些在 IT 业工作的人十之八九都高智商，从事的工作都高技术含量，拿的收入也让我们寻常人难以企及。

当我把自己的看法讲给小陈，并表示对他的工作的无比羡慕时，他却是满脸苦笑，自嘲到："你别羡慕我了，像我这样的，充其量就是个 IT 民工。"

这有点出乎我的意料。我当然知道小陈他们不可能人人都成为比尔·盖茨、乔布斯、马化腾那种级别的人物，但做个都市"金领""白领"想必还绰绰有余。小陈却把 IT 和农民工"混搭"在一块，称自己为"IT 民工"，实在让我匪夷所思。

我绝对没有轻视农民工的意思，只是觉得小陈他们无论工作的性质还是收入水平、社会地位等，与那些农民工兄弟相比，似乎都有着天壤之别，缘何他就成了 IT 民工？

看我疑惑，小陈给我聊了他的工作。

"我的工作主要就是写代码、编程。有项目开发任务时，我们这些人就得扎在电脑前加班，赶进度。这种工作强度，虽然不比农民工在建筑工地干的重体力活，可也相当累人。

"我们的收入，也没外行想象得那样高。公司规模不大，老板从外面拿到项目后要压缩成本，所以会赶工期，会雇佣比较便宜的开发人员。我从事的写代码工作，技术含量不算高，现在外面的求职者多着呢！我们也是廉价劳动力啊！

"还有，干我们这行吃的也是青春饭。IT业技术更新很快，我们掌握的技术很容易被淘汰，所以我们跳槽频繁，只要别的地方收入高，有机会就跳，都想趁着年轻多赚点。到了三十多岁，年纪大了，精力和技术水平跟不上了，竞争力自然变弱，就不得不考虑转行了。

"你看，我们干的活那么累，收入又不算高，还要靠青春来支撑，不就是个农民工吗？'屌丝'一词，用在我身上最合适。"末了，小陈还不忘自我调侃一番。

我有些好奇，问小陈，他们公司为何不愿意下点力气、花点经费培训他们？毕竟，按常理推测，培训、提升一个熟练的员工不会很费时费力。

"国内很多中小IT公司都只管眼前利益，不会考虑那么长远，把项目干完赚到钱才是第一要务。大环境太浮躁，导致做技术的人也不愿埋头做技术。美国就不一样，他们注重技术积累和员工培训，有很多年纪大、经验丰富的纯做技术的人员，干出的活质量也高。"小陈叹息道："IT业很多核心技术还是掌握在美国手中，国内更多只是做些技术应用……"

听小陈这个"IT民工"讲完，我有点小小的失落。我眼中"高精尖"的

IT 业原来竟也这么短视。在我们周围又有多少只重眼前、不顾长远，追求"杀鸡取卵"式发展的人和事呢？

你瞧，我也已经开始称小陈为"IT 民工"了。

写于 2013 年 10 月 13 日

村长的女儿

　　深圳流传着很多亦真亦假的传奇，其中有一则是关于村长的女儿的，内容同样亦真亦假。

　　这则有关村长女儿的传奇具体起始时间不可考，但其出现与深圳的崛起密切相关。深圳的发达也才三十多年光景。因此，传奇产生的时间确定不久远。

　　时间虽短，这则传奇在市井街巷传播得却很广。一波波来到深圳谋生、追梦的单身青年男子在各种各样的场合——高大上的写字楼，汗味弥漫的建筑工棚，多人合租的小房间内，都可能多多少少听到这则传奇。

　　传奇略微带点"色"，因为事关村长的女儿，可它没一丁点淫秽内容。传奇吸引人们舌头翻转和唾沫星飞舞的焦点在于财富。你知道"土豪"吧？传奇中的土豪不是女主人公，是女主人公他爹——村长。

　　村长的财富是随着深圳特区的发展积累起来的。城市包围、吞并近郊农村，在国内很多城市都司空见惯，深圳尤甚。村长利用深圳经济特区发展的天时，村子区位之地利，或盖楼，或办实业，很快成为多金的土豪。

　　即便深圳宣称已完全城市化，城中村依然不少。去年陈可辛导演的催泪大片《亲爱的》中，黄渤开小店、丢失了孩子的地方叫白石洲，就是个深圳有名的城中村。有村子存在，这则传奇就不用担心缺少村长或类似村长的土豪角色。

传奇中，土豪村长往往有好几个女儿，有多栋楼房。至于村长有无儿子，传奇中多不会提及，传奇的男听众们也不关心。村长女儿们的相貌、学识大约连差强人意的标准都难以达到，村长女儿最吸引人的特征就是"富二代"。

怀揣梦想的青年们来到深圳，心理大约都要受到残酷的冲击。房价高企，竞争激烈，压力山大，收入在如此残酷的现实面前总显得灰溜溜的。如何发财甚至于暴富，成为再不需要向任何人遮掩的直抒胸臆。

那些先来深圳，生活已经平稳的前辈们会打趣这些"一穷二白"、梦想发大财的年轻男子道："找个村长的女儿吧，给你陪嫁一栋楼，啥都有了。"男青年们本身或许就租住在城中村"握手楼"中，充分明白一栋楼的含金量，那真正是棵摇钱树。

前辈们有时候还会有丁有卯地说，那谁谁娶了村长的女儿，立马豪车别墅都有了。只不过，晚来深圳的男青年们只能当传奇听听。前辈们似乎并没人见过村长的女儿，也没人真能为男青年和村长的女儿牵线搭桥。

传奇只发生在故事中。前些年，作家肖午的小说《都市不轻言爱》即以深圳为背景，描写男主人公为了财富娶了样貌丑、学识低的村长女儿后，事业、爱情所经历的种种改变。这大约是很多人能看到的村长女儿传奇"最真实"的案例。

一年年，传奇的内容也有更新，村长的女儿不那么丑了，也受过高等教育了，她身上最闪亮的"多金"特征却始终没变。唯有如此，她才能承载很多到深圳奋斗的男青年们心中的财富梦，活在传奇之中。

写于 2015 年 1 月 17 日

随迁老人

　　那个老妇人上公交车的时候，我就开始烦她了。

　　她六十好几的年纪了，矮胖臃肿，通体圆得像个水桶，掂着一大布兜菜，费了好大气力半身才踏进车门，然后站在车门口翻弄衣袋，找老年免费乘车证。司机大约也很不耐烦，催她先上车，让他先关车门。妇人又"吭吭"地使劲拽上来个拉杆包，满塞的还是菜，大葱、莴苣、芹菜的叶子突兀地伸着。

　　又是买菜的！我并不认识她，烦她是因为有很多她这样的老人，每天赶在早上上班高峰到农批市场买菜，与大群急着上班的年轻人挤占公交车。乘坐这条线路的上班族对这些老人颇有怨言，经常听到他们抱怨，"买菜，就不能晚点来"。想想老人们也真是的，大老远来，究竟能省多少钱，买到多新鲜的菜呢？今天不是工作日，我对她的成见却早就埋下。

　　车启动了，她挎着、拽着两大包菜摇晃着挪到车厢后侧，又费劲地踏上两级台阶，"啪"地一声先把肥胖的身体安置在座位上，再将手提布袋塞在座前的空隙里，那个拉杆包靠着她身边，她紧握着手把，防止包滑跑。

　　她座位离我比较近，我能清晰地闻到她两个包里散发出来的复合气味，大葱、香菜，还有羊肉的膻味……纵然此前乘公交时我经常碰到这种混合气味，我仍拿出纸巾掩了鼻子。可没用，车内买菜老人好几个，空气很快被这种气味同化了。没几秒，她的装扮吸引了我的注意力，让我暂时忽略了那股气味。

她肤色很黑，皮肤皱巴巴的，脸上密集地长着大块的老年斑，几乎将她浑浊的眼睛都遮盖了。她也实在是太胖了，衣裤绷得紧紧的，一身印有黑色图案的麻灰绸缎，让她看起来更加苍老丑陋。可是，她显然是极其爱打扮的。她左手无名指戴枚黄灿灿的戒指，腕上一幅青玉色手镯，右手无名指套个墨玉色指环，手腕上是块枣红色手表，壳罩造型怪异，金粉点点，我愣没想清楚哪里显示时间。她的十指全涂了丹蔻，红艳得让那同样长满老年斑、老榆皮似的双手显得相当魔幻诡异。

车走了五六站，她拿出手机拨通后开始讲话。手机小而旧，直板，是那种只有通话功能老式机。她说话的声音充盈着乡野气息，哇哩哇啦，我一句也听不懂，也辨不出是哪里的地方话。不知是手机信号问题还是她本来就大嗓门，她的音量旁若无人地大，好几个乘客为之侧目，她也没看见。

又过了几站，她推搡着提包和拉杆包下了车，车内空间和气息似乎一下松散了许多。窗外，一个三十多岁的男子接过了她的提包和拉杆包，她艰难地紧跟在后面，脸上那大块的老年斑也没掩饰住她成功的满足感。看来，她肯定是一位跟着孩子来到城市的随迁老人，每天搭乘免费公交去农批市场买便宜菜，就是她心中的使命和寄托。

我戴上耳塞开始听歌，"当你老了……"听着，心中竟生出了丝丝羞愧感。

写于 2015 年 5 月 3 日

公交车司机

　　早班高峰时，赶着上班的人们如潺潺水流，汇集在福田农批公交总站站台。有那么几个人，通常是上了年纪的老人，稀拉地坐在候车凳上等车。更多的人姿势各异地站着，双手环抱胸前的，垂手而立的，夹着烟卷吞云吐雾的……有公交车从停车场驶出，上车门方打开，人群立马一阵骚动，你冲他绕，在车门口汇拢成扇形，过漏斗似的一个个穿过车门流进车厢。

　　座位眨眼被填满，乘客还在源源不断拥入。"往后走，往后走，不然谁也走不了"，司机催促乘客。车门口那么大一拨人已被压缩进车厢，仍有人在外面急切地想挤上车。司机继续催促车厢里的人，"往后，往后"。车厢早已满当当，站着的人摩肩接踵，前面人的脖子上都能感觉到后面人呼出的鼻息了。感觉已实在难以再挤上人了，司机犹不开车。

　　有买菜的老人"哼哧哼哧"拖着装满菜的拉杆包拼劲往车上挤，司机居然很客气地喊："叔叔，坐下班车吧，别给这些急着上班的年轻人争位置了，他们平时给你们让座，你们也给他们让让时间。"老人不加理睬，挤进来紧贴着车门站着，司机无奈，提醒他："把包往里再拉拉，不然门关不上。"然后，车门的两扇折页"吱呀"着，伸展两三次才终于关上。

下个站离始发站不远，也就百米左右，公交司机吆喝，"没下车的吧，我不停车了"，顺手把"客满"的牌子靠在了前窗玻璃。看到从站台上蜂拥奔来的人流，他挥摆右手，也不管外面的人能否听到，吆喝着"上不来了，上不来了"，打个弯，撇开了马路边攒动的人群。

人在工作最繁忙、面对客人最多时，大约也正是对外表达欲望最强烈的时刻，公交司机就是这样。乘客稀少时段，客人上车打卡投币后，就入座或靠后站了。除非遇到熟人或有人询问站点，公交司机只闷头开车，鲜少能和乘客聊天。上班高峰期就不一样了，乘客塞满车厢，站在前面的紧贴着司机座位的护栏。与乘客离得如此近，司机的话便特别多。

堵车时，司机抱怨："刚才回程时，被堵在下梅林二十多分钟，都是梅林一村里那些公务员，全开车出来了。真是的，一个人开那么大个车，出来占马路，都不知道公车出行。"挤在他右侧、后侧的那些乘客好像有人"嗯"了一声回应他，也或者完全是司机在自言自语。

车前窗的窗棂上，贴着"行车中请勿与驾驶员交谈"的告示也成了只对乘客发出的提醒，司机依然找话题聊着。他身边有位年轻小伙，司机问他："你是学生吧？"

小伙子回答："是的，刚高考完。"

"文科，还是理科？"

"理科。"

"你考了多少分？"

"618分，没考好。"

"我姑娘也没考好，考了550多分。"司机语气有点黯然，接着问："你报的什么学校？"

"深大。"

"那分数肯定够了。你这分数，报中大行不？"

"不行吧。我报了深大计算机专业，也得冲一下。"

"你是深户吗？"

"不是。"

"我姑娘也不是深户"，司机的语调更加低了……

驶过几个乘客下车比较集中的站点，车上的人越来越稀，早高峰很快过去，司机也不说话了。不过，总让人以为他是因为说起高考的女儿，情绪才变得低落了。

写于 2015 年 7 月 5 日

都市放蜂人

荔枝花开时，莲花山公园里的那片荔枝林，就成了放蜂场。树下，齐整地摆放着木制蜂箱。蜂箱支架很短，不细瞧会以为是直接堆在了草地上。天气潮湿多雨，蜂箱表面白一团、紫一块，土气得很。密林深处隐约露出几点塑料棚，是放蜂人搭建的临时住处。那些蜜蜂倒也乖巧，几乎从不僭越飞出树林。人走在林间小径，若非听见蜜蜂的嘤嗡声，还真难察觉里面有人放蜂。

没过几日，靠近小径绿化带豁口的荔枝树下支起了小桌，放几瓶蜜，荔枝蜜便开卖了。为招揽生意，放蜂人常当着游人的面打开蜂箱，取出蜂框，驱走蜜蜂，割去蜂蜡，把蜂脾放入摇蜜机，摇一会儿，琥珀色的蜂蜜就流出来了。滤净，装瓶，出售，没人会怀疑蜂蜜的纯正与真假。小桌上另放着几瓶冬蜜，色泽更深，瓶底有黄色沉淀。放蜂人讲，那是蜜蜂冬天采集的鸭脚木花蜜，很难得，售价也贵，是鲜荔枝蜜的两倍。

时常穿行莲花山公园，渐渐，我对那些小蜜蜂生出了兴趣。在深圳这座繁华大都市的中心地带，在一片不算特别大的荔枝林间，居然隐藏着无数忙碌的小蜜蜂，还有一帮似乎本该远离城市、出没深山的放蜂人，确实不可思议。何况，放蜂人现场演示蜂蜜的采集制作过程，也让人开眼界，长见识。路过时，我便与两位放蜂人搭讪闲聊。

那俩放蜂人姓李，是对父子。父亲六十岁左右，高、瘦、黑，常带着防蜜蜂蜇的面网。他讲客家话，我基本听不懂，只大概明白他放蜂已四十多年。他割蜂蜡、摇蜂蜜的手势动作极其熟练，应该是放蜂的行家。儿子三十多岁，个不高，和他父亲一样的瘦、黑，身上衣服不大合体，湿乎乎的，裤腿沾着草屑。他人倒健谈，说他属猴，河源紫金县人，孩子五岁多，他们那里人百分之七十养蜂，他放蜂已十多年，将来不想让孩子再当放蜂人了。

讲起蜜蜂，他如数家珍。蜂箱内是个女儿国，一箱有两万多只蜂，蜂王是雌性，吃蜂王浆长大，寿命最长，有三五年，但比较"宅"，一生只飞出蜂巢一次，择偶交配然后回巢产卵，再出巢的话定是出了新蜂王，它分家出来。那些辛苦采蜜的工蜂数量最多，全是雌性，只能吃三天蜂王浆，发育不成熟不能产子，只能干活，寿命很短，一般三个月，忙碌时可能只活一个月。还有不少雄蜂寿命也短，不采蜜，发育成熟后一齐外出，追赶蜂王交配。交配成功的那只雄蜂几分钟后就死掉了，其他雄蜂回巢后因好吃懒做，或被驱逐，或被饿死。还有蜂巢内布置精细，上侧是贮蜜房，下侧是雄蜂房、工蜂房……

闲聊间，父子俩不时起身割蜜，摇蜜，装蜜，卖蜜。有买蜜的游人说没带现金，问能否用微信、支付宝付款，父亲这时就会怯怯地退后，吆喝儿子拿手机来收钱。他们卖蜂蜜的小桌子旁，蜂蜜味儿浓，引来不少蜜蜂，落到游人身上脸上，吓得游人惊恐不已。儿子提醒游人别乱动，说人如果不攻击蜜蜂，蜜蜂一般不蜇人，蜇人之后它自己也活不成了；即使被蜜蜂蜇了，并没大毒，也不很疼，他和父亲经常被蜇，都快麻木了。

荔枝树上的花，很快要落光了。

一个傍晚暴雨过后，天气溽热，我又经过那家放蜂人。儿子仍然衣服湿湿，裤腿沾着草屑，在挨个检查蜂箱，关闭巢门，打开蜂箱通气窗。我提出心中疑问，为什么要到深圳市中心这片荔枝林来放蜂？他说大概是习惯吧，放蜂人就像候鸟，什么时候到哪里去，已成惯性。每年都要算着花期，奔波广东各地去放蜂。过几天他们就要到惠州去，采那里的荔枝蜜、龙眼蜜。他还半开玩笑说，到深圳放蜂，蜂蜜能卖个好价钱。

我一直觉得自己活在现实的苟且中，便称赞他们放蜂人的生活很好，自由，自然，自在。他说其实放蜂也是打工，和打工差不多。然后他开始抱怨深圳今年雨水太多，影响到蜜蜂采蜜，导致蜂蜜收成减少。这让我想起，每次下雨我好像只是感叹，又下雨了，天好湿好潮，便再无其他。

那会儿，荔枝林下，蜜蜂归巢。荔枝林外，万家灯火。

2016 年 4 月 25 日

街头理发摊

那个理发摊位置经常变化，它曾出现在我居住的小区内。梅林路人行道边的一处水泥空地上它也待过几天，大约被人驱赶，又转移到了路对面的绿化带中。绿化带背阴，靠着一面湿洇洇的墙，墙上零散爬着些藤蔓。绿化带里种着的滴水观音、栀子、蒲葵，比较稀疏，但叶子出奇茂盛。里面立着个绿色的报刊亭。理发摊就躲在墙和报刊亭的夹角处，在一片绿意间半隐半显。在这丛绿化带里它待的时间倒还算长，已有些日子了。

理发匠六七人，都上了岁数，年纪最轻的也五十好几了。他们衣着朴素，一看就是那种不在意穿着，只顾埋头干活，为生计打拼的老人。他们的理发工具简单至极。每人自带一张轻便凳子，供客人坐下理发。肩上斜挎的黑包里塞着电推子、剪刀、剃刀、梳子、护布、毛巾，装水的小啫喱瓶，稍微讲究的，会有个巴掌大的镜子。美发店里那些高档设备，在街头理发摊自是看不到的。

只要不下雨，一大早理发匠们就出摊了。到摊上理发的，多是老年人。老人们晨练完毕，买完菜或送孙辈上学后喜欢凑过来，自己理发或看别人理发，顺带有事没事闲聊。理发摊上没水，不能当场洗发，甚至没有大镜子可以查看理发效果，这都无所谓。十元不到的价格，理发匠娴熟的手艺，都让前来理发的老人觉得实惠。倘若行人出于好奇，询问为何要到这路边摊理发，老人们会笑呵呵地说这里便宜、方便，到理发店去太贵了。

几位理发匠从事理发都有些年头了。他们理发一如从前，理平头、寸头，剪短发，剃光头，刮鬓角，刮胡须，很老旧、很大众化的感觉。年轻人喜欢的时尚发型他们不会理。可理发匠们依然看重自己的手艺，毕竟在街头，还有那么多老年人和打工人员喜欢找他们理发，他们的手艺似乎依然受欢迎。有人路过，理发匠只要闲着，也会底气很足地高声招揽生意："伙计，该理发了。"那些路人，可能是他们熟络的主顾，也可能是个看起来像不舍得花几十元钱进店理发的人。

没客人时，理发匠们坐在凳上休息，抽着烟闲聊。一位河南老师傅说他刚到深圳时，跟着老乡做装修，装修队里的人舍不得出去理发，他就帮忙理，包工头听说他会理发，还带着行头，就建议他出去做理发，一晃他在街头理发都十多年了。一对都在摊上理发的重庆老夫妇，说自己儿子上了美发学校，开了家理发店要他们去店里帮忙，可他们去了浑身不自在，还是在街上理发，空气好。聊到最后，他们自信地认为这世界总有人要理平头、寸头，总有人需要他们的手艺，还开玩笑：看现在这些年轻人老了找谁理发去。

有城管过来，理发匠们迅速收拾工具，背起包、掂起凳子就走。若正在给客人理发走不开，他们也不怕，城管能拿一群老人怎么样？此地管得紧，不让摆摊了，他们就转移到别处去。某一天，他们的理发摊可能就突然从绿化带中消失了。一段时间后他们可能又出现了，拿着推子、梳子，给几位围着红、紫、蓝各色围布的老人理发。街头理发摊，便是又回来了。

梅林路周边，市井味儿很浓。看到那么一个理发摊在街边，有时也让人觉得，或许，那才叫生活呢。

写于 2016 年 5 月 16 日

中介小哥

忘了与小哥怎么认识的。前些年深圳的楼市房市火热得近乎疯狂，房产中介也无处不在，举目皆是。每天都能接到他们打来的电话，询问我有无买房打算，邀请我有空前去看房；街上随便走走，手里会接到一摞他们派发的楼盘宣传彩页、个人名片。这种氛围下，不认识这个小哥，我肯定也会认识那个小哥的。

依我的经济实力和收入水平，在深圳根本不具备买房的能力。但当时"全民谈房"，出于从众心理，我萌生了看房的念头。买不起，看看总是可以的，小哥就是这时候出现的。询问我的住房需求、收入情况后，小哥给我推荐了几套二手房。但约定去看房的前一天，小哥打来电话说房子里住的租户没空，需要再约，并向我道歉。这对我也没什么，便另约了时间。

去看房时见到了小哥。看上去，他和街上那些中介并无不同。很年轻，或刚二十出头；常在外面奔走的缘故吧，面色黑瘦；白衬衣，一身便宜的黑西装，扎根领带，脖子上挂个工作牌。简单聊几句，我得知小哥和我来自一个省份，高中没读完就出来混了，做中介已有三四年。

可能是老乡身份减少了我们陌生感，也可能是他的中介职业身份使然，他热情地跟我讲全国和深圳的房产市场的形势，建议我尽快买房，说深圳的房价过两年肯定还要涨。现今回忆小哥的话，我的感受正如朋友圈曾流行过的那句话："这么多年，只有房产中介没有骗过我们，说房价一定会涨幅。"可在当时，我只是笑笑。

小哥虽年轻，言行却很老到。面对楼道口保安的盘问，小哥恭恭敬敬地递上烟，押上自己的身份证，告诉保安要到几楼几号去看房。面对房内承租户的不耐烦，小哥满脸堆笑，谦卑地询问是否需要换鞋，说不会打扰很久。领我细细查看房屋，他又很在行地给我讲房屋朝向、采光、构造，以及未来如何把两房改造成三房，自然，还要讲房屋所在区位、升值空间。

因为小哥的介绍，我对楼市的了解增加不少，心中居然产生了某种不切实际的买房欲望。后来，小哥又带我看了几次房。在没人居住的空房内，小哥满是羡慕地大声感叹：在深圳能有这样一套房子，多好啊。我心里也这样认为，可想想买房所需的首付款、每月需偿付的房贷，只能默然。

有次看房后已近午后，我请小哥一块吃个简单的午餐。没想到他满是感激，和我聊得更加热络起来。我之前以为中介工作简单轻松，就是领着客户看房，促成买卖后领取提成即可。小哥则说他们除了上街发广告、打电话联系客户、领客户看房外，还要去别的公司或楼盘"踩盘""扫盘"，刺探信息；还要定期回访业主，看手中的二手房信息有无变化，更新"洗盘"……工作极其辛苦。

网上看到过售楼小姐获得数百万年终奖的传奇故事，我开玩笑说中介是"三月不开单，开单吃三年"。小哥叹息说，没有那么好的事情，中介很难做，辛苦不说，打电话推销房子遇到对方不高兴，还常被人骂；因为入行门槛低，很多像他这样农村出来、没有学历的年轻人都涌入中介行业，竞争很残酷，被同一营业点的人抢走业务的事情，时常发生……

后来房价飞升，我彻底断了买房的念头，连看房的兴趣也没了，就再没见过小哥，只在朋友圈看到他经常发送些楼盘、房产的图片和信息，附着他的联系电话。对这些信息，我只能略过。

前段时间小哥发条微信，说是被"跳单"了，并有几个愤怒表情和匕首图像。想想还算老乡、熟人，已久未联系，我便在微信上问他发生了什么事。他义愤填膺，语音回复我说，他帮朋友谈妥一套房子，朋友答应给他一些佣金，不成想最后朋友绕过他直接和房东签约，价格其实比他谈下的价格还要高些。末了，小哥表示这世上没有什么朋友是可信的。我安慰他几句，让他看开点。

每次上街看到那些房产中介，总会想起小哥。感觉他就像只蚂蚁，虽然卑微，但也在这座城市的某个角落顶着风雨烈日努力拼搏着，演绎着他自己的江湖恩仇和苦乐人生。比较有趣的是，我上街时因常穿白衬衫、黑西装，便时常被路人当成了中介。所以与小哥一样，我也是只卑微的蚂蚁。

写于 2017 年 2 月 16 日

第四部分　梅林闲谈

从"扶不扶"说起

　　肇始于当年轰动全国的南京"彭宇案","老人跌倒,扶还是不扶"成了一道让国人纠结不已的难题。各类媒介不时爆出正、反事例,各色专家众说纷纭,今年央视春晚上的小品《扶不扶》,更让人们对此话题保持深思。

　　节目很精彩,现实更残酷。跌倒的不见得只有老人,年轻人也会跌倒。跌倒的结果未必只是扭了骨头划破皮,也可能会夺去一条鲜活的生命。上周深圳本地媒体即报道了个事件:2月17日,IBM深圳公司一名35岁的女项目经理突然晕倒在地铁蛇口线一出站口台阶上,长达50多分钟而无人上前扶起,救援人员赶到时她已死亡。

　　此事件很自然地引起了深圳市民的热议,有人批评路过的人没伸出援手;有人明辨是非,认为乘客在地铁站内跌倒死亡,地铁站应负责任,与路人无关……一家媒体还派出多路记者,在市内八个地点做"爱心测验":记者佯装跌倒,看路人"扶不扶"。记者此举又招来不少批评声音,说这是现代版"狼来了",用欺诈来考验市民的善良。

　　这就是我们所处的时代,全民裁判,快速消遣。每当有社会事件发生,人人都上升为道德裁判者，义正词严地去批评路人的冷漠、城市的无情。当事件被消遣得差不多了时，人们的视线和话题就迅速转移了。像"外企女经理跌倒死亡"事件，热议过后，估计没几人会考虑她的离世给其父母亲人留下了多少伤痛。

说到底，人们关注和议论"扶不扶"事件时，所持的同样只是路人心态。在众人心里，并没有对生命个体由衷地尊重和敬畏，有的只是功利和算计，因而患得患失。媒体倡导扶人时，同时在传授拍照、拨打110留证据等"扶人三十六计"。小品《扶不扶》里，推着自行车上场的"路人乙"，在被问及"扶过仨"的结果时，泪奔着告诉郝建，"这么跟你说吧，哥以前开的是大奔"。

当人们尚未真正形成社会公民意识，确立生命至上观念时，人的心目中往往只有自己，很难做到推己及人，把他人看成是和自身一样的生命个体。城市里人那么多，有冷漠的就有热心的。"扶"或"不扶"，纯粹基于路过者善良或冷漠与否，极具偶然性，因此根本不足以作为衡量社会道德进步或滑坡的佐证，也不足以成为衡量一座城市有没有爱心的标准。

同样在深圳，"外企女经理跌倒死亡"事件发生次日，在地铁罗宝线的车厢里，一名女子晕倒，就有很多乘客向她伸出了援手。只是人们更倾向于关注反面事件，这一正面新闻事件倒没引发多少关注。

在民众普遍缺乏尊重生命的素养时，把"扶"的希望寄托在不确定的好人身上，显然很不可靠。生命脆弱，那就先尽量照顾好自己，别让自己跌倒。当遇到有人跌倒需要帮扶时，别犹豫，走上前问候一声，施个援手。世界变幻莫测，谁敢保证，下个跌倒的就不可能是你？

写于 2014 年 3 月 2 日

逃不出的"霾伏"

接连四五天，深圳都笼罩在灰霾之中。千米之外的高楼看起来影影绰绰，透着琵琶半遮的朦胧美。再远就什么也看不清了，只灰蒙蒙一片。想想此前还算不错的蓝天白云和灿烂阳光，此身所处的完全恍若两个城市。

相比"站在天安门广场，看不见毛爷爷"的北京市民，还有那些在网上、微信上抢着用"今早我们打开钱包，抽出一百元钱，也看不到毛爷爷"来夸张地形容当地雾霾严重程度的众多城市的市民，深圳人民大概该觉得很幸福了。最起码近处的绿树红花，看得都还真切。那些遛狗的人，也不至于出现"遛狗不见狗，狗绳提在手，见绳不见手，狗叫我才走"的状况。

不过，人心似乎永远不会知足！享受着国人发挥聪明才智创造出的"厚德载雾，自强不吸，霾头苦干，再创灰黄"等幽默笑话，看着电视上覆盖大半个中国的"壮观"雾霾景象，很多人在庆幸深圳尚属于中度、轻度灰霾天气之余，仍然会牢骚满腹，甚至开始骂起来：深圳的天气怎么变成了现在这个样子！

这里是深圳呀！这里在南方之南，气候温和、四季如春，绿树满城、花开不断；这里在南海之滨，面向浩瀚的太平洋，椰树高耸，海风轻扬；这里是人们所说的创新之城，科技发达，工艺先进；这里人们的皮鞋都基本不用擦鞋油；这里……可深圳纵有千般万般的好，也还是中了"霾伏"。不少人开始深深怀念"大运蓝"——深圳前年承办世界"大运会"期间曾经出现的那片蓝天。

深圳的灰霾大约是从北方随着冷空气飘过来的。南岭高峻，尚不足以阻挡它南下。有人说灰霾是一种"城市病"，其实它更像传染病，蔓延扩散能力极强。几乎所有城市都有它滋生传播的媒介，汽车和工业的废气、各种粉尘……当它肆意横行开来，没有多少城市可以独善其身逃出它的埋伏圈，只是污染程度有轻重不同而已。

这不，处于太平洋对岸的美国都时常抱怨中国的灰霾飘散到他们国家去了。国内中东部的城市哪个又能得以幸免？更靠南方的海南岛上，听同学说海口市也有灰霾天气出现。深圳虽然是特区，在灰霾面前却也不可能"特"起来。

城市中了"霾伏"，患上灰霾这种城市流行病，城市里的人们同样无可逃避。人们当然可以跳"防雾霾健身操"，可以戴上口罩防呼吸道疾病，可以买个空气净化器放在家里搞"小环境治理"，但天空整天灰蒙蒙的，太阳有气无力，终究不是我们想要的生活。

万物生长靠太阳，人也不例外。深圳灰霾持续这几天，一朋友很是忧心，因为她两个多月的宝宝只能待在家里，无法抱出去晒太阳。好在天气预报说要下雨了，经过一场雨，这场雾霾也该散了。只是不知道多年后，当长大的小孩见到冬天的太阳时，会觉得新奇，还是觉得习以为常呢？

我希望是后者。

写于 2013 年 12 月 15 日

我没去过东莞

马年开春没几天，东莞"扫黄"事件立马聚焦了国人的目光，成为报纸、网络、微博、微信等媒介上的热门话题。赞成者有之，非议者也不少，更多的则是抱着娱乐心态围观、调侃、揶揄。从法律、道德等角度看，"扫黄"都合情合理，正当必要，无须赘言。在此，我只介绍下我在深圳所接触到的"东莞"。

东莞我没去过，虽然它和深圳毗邻，去一趟很方便。我说没去过东莞，那些了解"去东莞"几个字所蕴含的特别意味的人估计要会心一笑："你说没去过东莞，是要撇清什么吗？"——这就是被打上色情烙印、"性都"声名远播的东莞带来的尴尬。正常的语言表达中，提及东莞都可能会让他人做意味深长的理解，我自己还曾经因此闹过笑话。

来深工作后不久，单位需要外出考察学习某项业务，同事们讨论去何地时，我因恰在报上看到过宣传东莞先进做法的报道，就提议"去东莞考察"。我的话音刚落，同事们"哗"地全笑了，有的还笑得流出泪来，让不明就里的我立时云里雾里。

有同事问我，知道"去东莞考察"的含义吗？我初到深圳，东莞色情业"成行成市"的情况此前虽略有耳闻，叮"去东莞"的含义我根本不知晓。同事又问我，知道东莞什么行业最有名吗？这个我也不大知道，只知道东莞经济很发达。

同事们看我确实是出于对东莞的无知，才提出了去东莞考察的荒唐建议，便告诉我东莞是广、深、港等地一些人去搞色情消费的地方，并提醒我在深圳千万别乱说"去东莞考察"之类的话。因为不了解，我亲身制造了这个笑料。到现在，还有同事不时拿这个典故开我玩笑，"老马，咱们去东莞考察吧"。

知道"东莞"的别样含义后，东莞色情业的种种信息——什么"莞式服务""ISO 标准"，什么"一路向西"等，渐次听闻得多了。茶余饭后，朋友们也不时拿东莞开玩笑。对于像我这样的市井小民，有关东莞的情色话题，大抵和明星的八卦新闻一样，只是用来消遣娱乐的谈资而已。但这并不代表我们没有是非底线，普通人谁会把道德、法律框框时刻挂在嘴边？

在东莞的邻城深圳，我尚且因东莞的色情名声闹出过尴尬。东莞本地人或许会更觉不堪。去年我们大学同窗在广州聚会，围绕那位在东莞工作的同学的玩笑基本上就是"我们晚上接着去东莞吧""男同学一路向东吧"。那位东莞同学只能无声苦笑，偶尔会低声辩白："东莞也有别的啊！"可估计没几人听到。

东莞确实还有很多别的东西。那里是林则徐虎门销烟的地方；那里是"广东四小虎"之一，是世界加工厂；据说"东莞堵车，世界断货"……还有，虽然读音不同，东莞的"莞"字会让人想起"莞尔一笑"，想起美丽的水葱样的植物。可这些，都被东莞的"黄"给遮挡了。也只有彻底"扫黄"，才能让外人关注东莞的本来面目了。

写于 2014 年 2 月 16 日

改革是个好东西

因身处机关的缘故，近段时间，我比较关注深圳正在推行的公务用车制度改革。甚至，我自己也"被参与"其中，成了此次"车改"的对象。

在我看来，"车改"前的状况，似乎也都挺好。我只是机关里一名微不足道的"小公"，不可能有专属的轿车和司机。我享受到的唯一"福利"是每天可以免费乘坐班车上下班。其他的一切，则与我无关。"车改"消息传来，我的第一反应就是，以后班车是否也被取消了？

乘坐班车当然有它的好，不用掏钱买票倒在其次，最重要的是，班车里不拥挤。每每乘坐班车上下班，看到街上公交车里人满为患的阵势，我就瘆得慌，进而会有点小小的庆幸和满足。有时我也纠结地想：公交车里那些挤得水泄不通的人们，看到我这边宽松的班车闪过，心里会否感到不平？

出于对挤公交的恐惧，我对今后上下班如何出行的忧虑很快击散了我乘班车时偶然生出的那点小纠结。"车改"肯定有很多益处，可以节省机关公务用车经费支出，可以遏制公车私用现象……不然国家也不会要求推行此项改革了。可这些益处与我没有直接关系呀，我所需的只是有班车乘坐而已。

透过"车改"看改革，我稍微"上纲上线"一下：因为享受班车这点小便利，我自己也成了"既得利益者"。当改革之风吹来，需要放弃"既得利益"改变已成惯性的行为方式时，心里难免会受到冲击，产生小波动并对未来有些许茫然。这种心理感受可能就是新闻里面常说的"改革的阵痛"。

改革之风不可挡，我所谓的"改革的阵痛"无法阻挡"车改"的推进。当"车改"成效逐步凸显，得到社会各方认可时，我这"被改革对象"应该已适应了新的运作规范，形成了新的行为方式和习惯。即便每天挤公交，也必将是"痛并快乐着"。

"车改"只是深圳推行的诸多改革之一。众所周知，深圳市因改革开放而生，它的血液里流淌着改革的基因，每年都会有不少改革项目出台。来深工作近两年，我碰到"改革"一词的次数，大概比我此前三十余年碰到的次数的总和还要多。但每次听到、看到、说到改革时，我都只把它当作了宏大的政治概念，以为与我个人关系不大。

亲历此次"车改"，转变了我对改革的认识。改革需要宏观规划、顶层设计，但随着改革的深化，改革触角将更加细微地影响每个人的生活。像深圳推行了商事主体登记制度改革，开公司不再要求缴纳注册资金，从而降低了人们创业的门槛，会给普通人的生活带来不少"小确幸"。

改革是个好东西，正如一篇文章中所言，"哪里有改革，哪里就有新气象；哪里有创新，哪里就有新发展"。如"车改"时我所经历的，改革有时会带来点阵痛，可向前看，它终将会让人们的生活更美好。

写于 2014 年 3 月 23 日

谁算一线城市

前不久，家乡洛阳的一位朋友在网上和我聊天时告诉我说，洛阳已经成为二线城市了。

这个消息我当时并不知晓，但我知道去年底某财经周刊评选出了包括成都、杭州、南京等十多个"新一线城市"。一线城市能评出十多个，那二线、三线城市的数量肯定更多，其价值和说服力会有多大？故而，详细名单我就没看。

中国的城市被划分为一二三四线早已不是什么秘密。虽然没有任何官方文件认可此划分，甚至于其划分标准都不很明了，但大众和传媒对此却很上心，不时炒作讨论并弄出种种不同的结果来。这大概源于国人喜欢分类的传统，我们经常是对人都要分个三六九等的。

城市位列几线，固然不能让人拿来当饭吃，但或许可以满足市民小小的虚荣心，增加市民的城市自豪感和优越感。当城市有了一二三四线的划分时，人们自然会希望自己所在的城市能排得越靠前越好。

物以稀为贵，城市也一样。一线城市较之于二线三线城市数量较少，也最受人们的关注和议论。

整体而言，"北上广"是得到公认的一线城市。深圳列入一线，得到了广泛认可。"北上广深"的叫法越来越响，可也有人持异议，认为深圳是"准一线城市"。除了这四座"传统一线城市"，还有人争论成都和杭州究竟谁是中国"第五城"。再后来，又产生了十多个"新一线城市"。

对于"北上广深"四大一线城市，也有纷争。或者出于读说的方便，或者出于对深圳地位的不认可，很多人常挂在嘴边的是"北上广"。力挺深圳的也有，网上一篇题为《老外眼中的中国四大一线城市》的帖子，认为中国只有北京和深圳是真正意义上的国际城市，上海和广州的兼容性和综合性以及辐射力度则都不及北京、深圳。

一座城市凭什么才能算一线城市？前述某财经周刊在评选"新一线城市"及二三线城市时，综合考虑了城市 GDP、人均收入、全球 500 强进入数量等指标，以使其结果更有说服力。诸多指标计算出的结果仍未能得到一致认可。就像朋友跟我聊到洛阳成为二线城市时，就发牢骚："怎么收入一点都没二线城市的感觉？"

媒体在讨论房价跌涨时，最常用一线二线三线城市的说法，诸如"一线城市房价同比上涨多少，环比上涨多少，二三线城市略有下滑"之类的措辞，比比皆是。一线城市难道和房价的高低有关？深圳整体房价高于广州，一线地位却有人质疑，而广州则稳居一线。

划分标准不明时，我们不妨绕过谁是中国真正一线城市的纷争，看看一线城市能给我们带来什么。对于个体，城市能带来的实惠总要重过那所谓一线二线的名头。"名"惠而实不至的事情，没人会喜欢。

写于 2014 年 5 月 18 日

一线城市有什么

　　一线城市首要特征是大，无论其城市面积、人口数量，抑或是经济总量，都非普通二三线城市所能比拟。

　　大有大的好，唯大方能成其强。可大也得有限度，大过了头就会出现负面效应。作为超级"巨无霸"的一线城市，带给人们先进、发达、时尚的城市文明。同时，自身也患上了交通堵塞、环境污染、生态恶化等种种"城市病"。

　　诸多"城市病"中，对个体影响最大的莫过于生活和竞争压力。有人形象地将一线城市比作"三高症"患者——高房价、高物价、高压力。这每一个问题都令人觉得难以承受，难怪不少人要喊：一线城市，想说爱你不容易！

　　好在现今社会高度自由，人可以自由流动，只要自己觉得合适，想去哪里就去哪。城市里的人口资源由市场自由调配，个人觉得在一座城市里付出和回报不对等时，可以选择离开。面对一线城市的种种压力和不堪，很多人选择"逃离北上广"。

　　离开一线城市的人们，回到家乡，觉得家乡真是个桃花源，这种美好感觉未必能持续多久。当需要重新面对生活中的一地鸡毛时，返乡的人们发现，家乡居然是"一地落叶"。艰难抉择后，不少人又选择"重回北上广"。

今年春节前后，网上流传一个帖子：一位大学毕业后在上海打拼多年的男子，因为家庭原因返回了家乡乌鲁木齐。在乌鲁木齐，他得到了稳定的工作，还有了几套房子。可家乡复杂的人际关系，每天过的混沌日子，又让他下决心重回上海。

安徽的一位女作者，引用这名男子的事例，写了一篇题为《大城市和小城市》的文章，讲述她自己的故事。当初她在家乡小城，为谋求一个临时工职位，四处"求神"而不得。当她有机会来到大城市后，人生发生了重大转机，并越来越好。

这位女作者所说的大城市，并非"传统一线城市"，也非"新一线城市"，不过这没关系。我理解，她讲述自己的故事是想告诉读者，大城市能给个人提供发展的机会。人一生中有什么比机会更重要？一线城市的机会，显见会更多。

机会与公平相伴，没有分配机会的公平，机会再多也只能是镜花水月，可望不可即。在一线城市，甚或大城市里待着的人们，多会说大城市相对公平，比较崇尚能力。言中之意，大城市的"潜规则""关系"没那么多，注重的是个人奋斗。

较之其他一线城市，深圳这座新兴之城有着更多的传奇故事。在深圳我经常听人讲，当初很多揣着几十元钱来深的人，现今变成了身价不菲的大老板。在成功者那里，机会和公平是个人奋斗成功的必备要件。

在家乡，听着温暖的乡音，守着慈祥的父母，过着懒散的生活，也是一种生活选择。只是家乡那些另类规则，总让人难于忍受。不少人放弃安逸，不顾压力选择到一线城市，或正因为那里有更多的机会和公平。

写于 2014 年 5 月 25 日

爱情它是个难题

第一次到深圳时，偷空，我拿着地图找到了深圳市中心著名的莲花山公园，想去瞻仰莲花山顶小平同志的塑像。结果，歪打误撞闯进了公园里的"婚介角"。

婚介角的位置并不偏僻。进公园正门，向左走五六十米，走进一片小树林，绿树掩映着的是个很小的广场，散种着些棕榈树。棕榈树下部的叶子剥落后，粗糙的叶柄根部被人挂了许多穿着细绳、过了塑的纸张。还有块木板做成的信息栏钉着钉子，比较齐整地挂着些纸张，一样地过了塑。

纸张上或打印或手写的，是我们在报纸上常见的征婚启事。有些征婚启事又很独特，顶部居中写着"为女征婚""为儿征婚"字样。很多五十朝上的老人们，在旁边专注地走走看看，指指点点，交头接耳地议论。

婚介角里几乎看不到年轻人。但凡有稍微年轻点的男女进来，马上就会成为这些老年人的焦点。我误闯进去后，出于好奇，在那里装模作样地看征婚启事，便有不少的老人围过来问我，让我很是"享受"了一番被聚焦、被关注的滋味。

"小伙子，多大了？""哪里人？""结婚没？""干啥工作的？""我女儿和你年纪差不多，要不谈一下？"……他们七嘴八舌地询问，我托词应付后赶紧落荒而逃。当时，我还没正式到深圳工作呢！

不过，第一次到深圳就能见识到这种像集市一样的婚介角，见识到这些父母们的大胆直白，也算个意外收获。现在每与同事们提起此事，同事们都会戏谑我，说我是有目的而去。这话有点冤枉我，我那时根本不知道公园里还有这种父母出面为子女征婚的公开"市场"。

来深圳时间长了，我渐渐知道莲花山公园这个婚介角在深圳相当有名，几乎是深圳的一个标志符号。出于好奇，我与同事们又去逛过几次。每次，只要我们几个人散开，装作单独前来，都会受到那些老人们的热切询问。谁都能看出来，在这个婚介角里，主角永远不是那些到了结婚年龄的子女，而是为子女婚事着急上火的父母们。

城市很大，年轻人很多，两颗本该相爱的心却隔得很远，无缘相逢。牛郎织女虽银河相隔，每年七夕依靠喜鹊搭桥也能相会。都市里的年轻人呢？是因为不渴望爱情，还是因为这个物质化时代里爱情的门槛太高？

爱情它是个难题。还算年轻的我们，往往把单身作个性，耍酷，不谈爱情，回避这道难题，不经意间又把这道难题抛给了年迈的父母。在深圳有很多外地来的老人，他们从家乡来深圳，目的就是为帮助子女解决爱情婚姻问题。可到了深圳，他们人地两生，只能到婚介角里去，大家相互帮忙互通信息了。

忽然，我有点理解王母娘娘为什么那样对待牛郎织女的爱情了。她也是为人父母的啊！爱情这道难题，她大概最懂。

写于 2013 年 8 月 13 日

网络奇葩"双11"

原本,"双11"只是个普通的日期。直到有好事者灵光过脑,依四个阿拉伯数字的外形,将其联想成为齐刷刷并排站立的光棍,这一天便成了有名的"光棍节"。

"光棍节"契合了社会上光棍多的现实,迅即在网络上风生水起,有了大量拥趸。先是"光光""明明"等网络词汇流行,成为人们口中的时尚调侃用语。没多久,电商大佬敏锐地从中探得商机,培育出"双11购物节",每年都赚得盆满钵满。

围绕"双11",电商大佬们的竞争持续加剧。今年,阿里成功注册"双11"商标,其他电商不甘示弱,京东的"京东双11"、苏宁的"爽11"、国美的"双11"纷纷出炉。电商们的各种促销让利举措,更是乱花迷人眼,令"剁手族"心中暗喜,磨手霍霍,准备大肆抢购一番。

这时候,不知道"电商",搞不清O2O、B2C的差别都不重要,甚至于不会网上抢购也没关系,网上网下的促销狂潮早已融为一体,街头各大百货商场也满是"双11"让利促销的海报,一样可以前去抢购。

面对媒介一波波"双11"宣传浪潮，人心里不由得会产生惊慌："双11"怎么会有这么大的阵势？现在不是物资匮乏的时代，不当"剁手族"，生活断不会受影响。而商家的让利举措，真算下来或反倒没有平时实惠。疯狂抢购之后，很多人发现自己只是被网络和商家裹挟着，加入了一场集体购物狂欢。

"双11"不再是光棍们自我调侃、自我纾解的节日，在电商们的高超运作下，在网络的推波助澜中，"双11"成了"中国购物节"。无论是否是光棍，人人都可以"双11"物价便宜为理由，恣意抢购。风气所至，网购大概也成为光棍们"双11"时发泄压力、放松身心的主渠道。

与"双11购物节"的火爆程度相比，各种相亲交友活动的声势却显得有些式微。或许没有电商们的财大气粗，或许光棍终究是个令人尴尬的身份，三三两两的相亲交友活动信息，多在论坛、QQ群、微信群、朋友圈传播，远没有促销广告那种撼人心魄的声势。光棍们"今年'双11'前，争取'脱光''失明'"之类的豪言壮语，听到的、看到的也不多了。

作为网络上评选的中国光棍最多的城市，去年的"双11"，深圳在淘宝天猫交易额"土豪城市"排名中位居全国第四位。网民多、年轻人多，购买力旺盛，在电商们凌厉的宣传攻势下，这个"双11"，深圳的网上交易额估计仍会走高。只是没人统计，深圳的光棍数量，会否因过个"双11"而走低。

虽说"双11"是个"伪节日"，不过它能摆脱光棍们的小情怀、小格调，被电商们彻底玩成全民狂欢的盛大购物节，真应奉它为"现象级节日"，一朵大概只有网络时代才开得出的奇葩。

写于 2014 年 11 月 9 日

无烟好风尚

去年3月1日，被称为"史上最严控烟令"的《深圳经济特区控制吸烟条例》实施，机关、学校、医疗机构、饭店等16类公共场所全面禁烟，抽烟不再是那么个人的事情了，在禁烟场所抽烟属于违法，最高可能被罚款500元。

深圳的控烟举措我印象颇深。单位的办公楼内贴了很多禁烟标志，甚至连洗手间坐便室的门后也贴有；楼顶天台设置了专门的"吸烟点"，烟民们只有抽空到楼顶去吸几口过瘾；物业经常给办公室发来"温馨提示"，号召大家落实控烟要求，共同营造无烟健康办公环境。后来有媒体报道，深圳去年控烟罚款超过46万元，在世卫组织健康城市联盟大会上获得了评价城市控烟政策执行效果的"健康城市最佳实践奖"。

对于普通市民，罚款多少，荣誉大小，其实不重要，重要的是非烟民不用再承受"被动吸烟"之苦了，对此我深有感触。多年前刚参加工作时，单位会议室、办公室内"禁止吸烟"的标志形同虚设，同办公室的老先生烟瘾又超大，室内每天烟雾缭绕，呛得我现在"说起来都是泪"。直到后来老先生主动戒烟，我才从烟雾中解脱出来。

作为非烟民，无法体会和理解烟民们对香烟的依赖性，不知道他们对深圳这"最严控烟令"抱有什么心情。无论如何控烟是好事，对城市而言控烟就是城市文明风尚的标志之一。所以，去年底我们承办一个会议时，对在会场外封闭走廊内抽烟的外地客人，我和同事们底气十足地做出提醒：深圳室内公共场所全面禁烟。请外地来深圳的朋友吃饭时，我也会善意提醒他们深圳饭店内不让吸烟。这一切都很正常。

控烟并非易事，深圳的"控烟令"仍然面临执行难的问题。有时走在街上，一不小心就中了前面行人喷出的烟幕弹。公交站台上，常会有烟民在人堆里喷云吐雾。朋友聚餐，对于抽烟的朋友，提醒一次后，实在难以磨下面子反复去说，虽然深圳的控烟条例规定禁烟场所的经营者有制止抽烟的责任，饭店里的服务员对此却无动于衷。

将于今年6月1日施行的《北京市控制吸烟条例》，也被戴上了"史上最严控烟令"帽子，称"凡是有屋顶的地方都不能抽烟"，北京有关机构还推荐了"我介意""不可以""请停止"三个劝阻吸烟手势。不过，与深圳一样，北京的"控烟令"实施后，肯定也要面临如何监管执行的问题。

看过一位作家写的文章，说是澳门当年推出"控烟令"时，成立了隶属特区卫生局的"预防及控制吸烟办公室"作为执法部门，节假日主动到饭店突击检查。这举措当然很好，但对于面积数十倍于澳门的北京、深圳，突击检查未必能全面奏效。最终的办法，还得依赖人们养成新风尚，自觉遵守"控烟令"。吸烟有害健康不说，为了自己抽烟过瘾，把二手烟的伤害加在他人身上，也确实有点不厚道。

前几天，和一位朋友在街上看到一穿着校服的女孩在抽烟。朋友生气地说，要是自己的孩子非揍死她不可。话说得有点严重了，但控烟真得从孩子抓起，培养下一代形成不抽烟的好风尚。

写于 2015 年 5 月 2 日

文博会上看丝路

5月14日—18日，第十一届中国（深圳）国际文化产业博览会在深圳会展中心举行。响应国家建设"丝绸之路经济带和21世纪海上丝绸之路"的大战略，本届文博会以"一带一路"为主题，首设丝绸之路专馆。长期以来，我对丝绸之路都有浓厚兴趣，一入场，就直奔丝绸之路专馆而去。

丝路专馆外面东西两侧的通道内，在举办"彩绘丝路"中国当代著名美术家作品展，由文化部、陕西省政府、中国文联、中国美协主办，西安美术学院、大唐西市集团承办。我打算逛完展厅再出来欣赏那些画作，便只浏览了东通道这侧的海报。上面介绍说，公元前138年张骞出使西域，开启"凿空之旅"；19世纪70年代，德国地理学家李希霍芬将这条线路命名为"丝绸之路"；唐朝时长安西市是世界贸易中心，是隋唐丝绸之路的起始点——这个我可以理解，毕竟是大唐西市集团承办的画展。但看到海报上的"古丝绸之路陆路图"，黄色的丝路主道起点只有西安，根本没有洛阳的影子时，我心里就有点小不快。

洛阳是丝绸之路的东方起点之一，对此，作为洛阳人我一直相当坚信。抛开洛阳作为东周、东汉、唐等 13 个朝代都城的历史不议，去年 6 月，隋唐洛阳城定鼎门、汉魏洛阳古城内城、新安汉函谷关被列入"丝绸之路：长安—天山廊道的路网"世界文化遗产项目，即是最有说服力的证据。这个画展的组织者为何对事实视而不见？

进入展厅后，我即被那幅"《一带一路示意图》巨型手工雕刻瓷版画"所吸引。画高 5 米，长 10 米，厚不足 1 厘米，凹凸感明显，山川、湖泊、沙漠、绿洲、国境线等清晰分明。红色的 LED 灯闪烁，显示着陆上丝路经过的西安、固原、兰州、乌鲁木齐等城市和伊朗、土耳其等国，海上丝路经过的北京、天津、连云港、福州、广州、深圳等城市和马来西亚、斯里兰卡、埃及等国，两条蓝色 LED 灯勾勒的蓝线将其链接起来。示意图里同样没有洛阳的影子。巨幅瓷版画靠着墙，前方摆好了木台，很多人站上去饶有兴致地取景拍照。他们拍摄的照片中没有洛阳，哪一天如果听说洛阳是丝路起点，他们中的很多人会否难以相信？我觉得完全有可能。

丝路专馆内，外来参展的国家不少，或大或小，每个国家一个格子室，展示并销售本国的传统工艺美术品、特产，像哈萨克斯坦等中亚五国的挂毯和陶艺制品、捷克的啤酒、土耳其的海泡石烟斗、老挝的玉石、泰国的草药、巴基斯坦的铜制工艺品、俄罗斯一种如针织出来的油画……印度的展位相对大些，展售有服装、香水、手环等，一位戴着印式帽的印度男子，现场制作手环，不少人在围观。国内城市展位，展出有宝鸡剪纸、苏州绸缎、成都蜀绣、北海珠宝、固原枸杞……重庆、兰州、乌鲁木齐、西宁、广州、深圳、泉州等也都有工艺品展出。宁波的展位，现场演奏非物质文化遗产"青瓷瓯乐"，乐手敲打青瓷器皿，和着琵琶二胡笛子等，仙乐飘飘，古韵悠扬，煞是好听。

古时，在陆上、海上丝路东去西来的，应该就有这些展出的传统工艺品，还有那悠扬的驼铃、古乐吧！那么洛阳的唐三彩呢？牡丹瓷呢？崤函古道，黄尘之中，那些悠悠西去的驼群，背上鼓鼓负荷的怎会没有洛阳出产的或者汇集到洛阳的瓷茶绸缎？万里关山，沿途怎会少得了周风汉笛、隋唐百戏？

从丝路专馆出来，我开始看两侧通道的油画、国画。西侧的海报介绍，"彩绘丝路——中国当代著名美术家丝绸之路万里行大型文化交流活动"由民营文化企业大唐西市集团承办，2010年11月到2014年3月举行，考察团重走了丝路沿线10国40余座著名历史文化名城，沿途积极开展交流，并采风写生。对于大唐西市，海报介绍它是"国际丝绸之路旅游线"的起点和重要板块，项目占地约500亩，总建筑面积135万平方米，建设有大唐西市博物馆、国际古玩城、丝绸之路风情街、西市城、金城广场等8大工程，已被授予"国家文化产业示范基地""国家4A级旅游景区"等称号，目前正在打造丝绸之路国际博物馆城、丝绸之路文化创新工程、网上丝绸之路、丝绸之路国际博览园、丝绸之路风情街等"五丝"工程。大唐西市的影响力和名气在日益扩大，我的一位同窗已身为大学教授，四月份时，她在朋友圈发了到大唐西市参加活动的照片，称那里是丝绸之路起点，而这位同窗也是洛阳人。

对于画作，我没多少欣赏力，只能看画的内容。在那些作品里，有崇山荒漠的艰险，有希腊、罗马、印度等古文明的光芒，有千年胡杨的坚韧，有丝路驼铃的清脆，有西风古道的沧桑，有西域高僧鸠摩罗什和东晋高僧法显的坚定信念，有普通百姓的乐观……有一幅画作，画的是2001年3月被塔利班武装炸毁的巴比扬大佛在山壁上留下的残痕。丝绸之路，当年传递的是文明和创造；2000多年后，丝路沿线的不少地方还在上演冲突和破坏，着实令人唏嘘。看画时，遇到一张竖排的"弘扬丝路文明，共筑中国梦想"的海报，下半侧显眼地印着卢舍那大佛头像，与古希腊帕特农神庙一块做配图。有意或无意，画展组织者们都无法回避洛阳在丝绸之路上的神圣地位。

原没打算去逛其他展馆，因时间充裕，就转到了一号综合展馆。在熙攘的人群和各种表演的喧闹声中，我穿过好多个省市的展厅，终于找到了河南展馆。里面有两三家出版社的展台，有一些小工艺品售卖，有驻马店、三门峡等省市的宣传画。最出彩的是横着的那根近28米长、2米粗的"巨龙乌木"，通体乌黑，"龙腹"部位雕刻着《清明上河图》，很多游客都拿手去摸焦木，大抵是想沾染点什么福气。

在河南展馆里，几乎看不到洛阳元素。我有点疑惑，问一位参展人员怎么没洛阳的内容，他说洛阳有个专门展馆，并给我指了方向。我心中立马为之一喜，在综合展厅里，除了广东省内地市，单独设展馆的城市并不多，洛阳竟设了单独展馆。

洛阳展馆位于一处自动扶梯旁，正面全红，门框是剪影式，形状有点像古门楼，门楣左上侧是大大的白色"洛阳"二字，右上侧是"世界圣城，丝路起点，千年帝都，牡丹花城"城市宣传语，配了两丛鲜艳的牡丹花。展厅不大，陈列的东西不多，挂了两幅牡丹画，摆着几个小型唐三彩、牡丹瓷、纯银茶壶，几个人在向参展工作人员询问牡丹茶，都说的洛阳话。墙上悬挂着"丝路非遗嘉年华"国际非遗博览园项目等6个招商项目的介绍。很明显，从城市口号到招商项目说明，丝路起点就是洛阳的主打品牌。可想想丝路专馆内外"一带一路"和"丝绸之路"示意图，再对比西安大唐西市开发建设的大动作，我觉得洛阳在丝路方面的作为和力度显然不够。3月底，国家有关部门发布《推动共建丝绸之路经济带和21世纪海上丝绸之路的愿景和行动》，洛阳就未被提及。

历史是个任人打扮的小姑娘，历史事实越被长久忽视和遮掩，事实就越难有人相信。在文博会上看丝路，度量下洛阳目前在丝路上的地位，真心觉得尴尬。这时候再引经据章，自说自话，就显得有点可笑。或许走出去，把洛阳是丝路东方起点的事实宣传出去，与西安等丝路城市"公平合作、开放包容，互学互鉴，互利共赢"，才是正道。

写于 2015 年 5 月 17 日

一入股市深似海

先前我不炒股时，每次经过深交所大楼前就会想：待在深圳，离股市如此近，不炒股是否有点可惜。身边很多朋友炒股，茶余饭后，他们谈论股票，我只能沉默。他们劝我，房价那么高，工资那么低，不靠炒股赚点钱，怎么买房？去年六月底股市大跌，朋友们说正是入市抄底的好时机。我便迅速开通账户，简单了解下开盘价、收盘价、K线等术语，匆忙入市了。原来，炒股赚钱的欲望一直潜伏在我心中，逮着机会它就蹦了出来。

入市后，大盘连续下跌。因为刚开始炒，我比较谨慎，买的股数很少，后备资金宽裕，下跌时我就加仓，摊薄成本价。过了几天，股市小幅反弹，我即稍有盈利。看着账户上多出来的钱，作为股市"菜鸟"，我心里颇为忐忑，感觉钱像是偷别人的。想到朋友们"在股市千万不要太贪"的提醒，我果断卖出，落袋为安。卖掉的那只股票，后来几天仍在持续上涨。我嘴上说不后悔，心里却悔青了。即便如此，初次小赚仍给了我莫大的胆量和信心。

此后就没那么幸运了，股市走势似乎专和我作对。炒股的道理很简单，低买高卖。可买卖股票时，我常患得患失，担心买价高、卖价低，尚在犹豫，股价已反朝着我期望的方向快速涨跌，买卖时机便错过了。股价下跌时，想着过几天肯定会反弹，就拿着不动，孰料股市"跌跌"不休，于是又被深套。"割肉"卖出吧，心中不忍。高抛低吸呢，往往刚卖出，股价又开涨。换买别的股票，遭遇的多是同样的恶性循环，直叫我哭笑不得。

股市里还要面对纷繁芜杂的信息。每天专家们发表五花八门的见解，预测股市走向。上市公司编织概念故事，制造噱头话题。微信群、股票论坛里充斥着公司重组等小道信息，开涮上市公司或证券监管部门的段子层出不穷，热闹得很。现实中上演的资本大战像"万宝之争"、王石去留，情节跌宕起伏，一波三折。股市泥沙俱下，身为小股民，想保持理智并不是件容易的事。特别是出现恐慌性抛盘时，简直像踩踏事故，个人被裹挟着，身不由己。

有点俗，可我的感觉真的是股市一入深似海。不像海，又像什么呢？瞬息变化的走势图，红红绿绿的 K 线图，恰似波浪起伏。与海上一样，"股市有风险"，但风险何时何地出现，是暗流汹涌还是惊涛骇浪，无人知晓。四顾茫然时，人需要面对的是利益取舍、涨跌判断，更是自己的秉性和内心。我曾经以为自己是个有自控力、不贪婪的人，可在股市这一切统统失灵。身陷股海，想忍痛清仓上岸，又心有不甘。投入股市的钱，毕竟是自己的辛苦钱。

入市方一年，我已经历了中国股民共知的"千股跌停""千股停盘""去杠杆""熔断"等大事件。每次事件发生，总有人说此事多么罕见，跟形容江河洪水多少年一遇的说法差不多。我也自嘲，股市里亏的钱权当交学费、长见识了。

亏损也让我明白，拿少量闲钱炒股增加点生活乐趣，未尝不可。可作为小散户，千万别指望靠炒股赚钱。股市里的钱，没有传说得那么好赚。或许"十个股民九个亏"才是实情。当股票被深套时，别困兽犹斗，干脆扔在那里，耐心等它涨回。一辈子那么长，等等又何妨？股市如海，也正适合修炼人的耐心。

写于 2016 年 7 月 3 日

都市清明

前两天晚上，我外出散步，看到一名女子蹲在街角烧纸钱。女子神情专注，还不时用小树枝去拨动火堆，以使纸钱烧得更透彻。女子旁边站着个小男孩，五六岁的样子，懵懂地呆看着。

走过他们身边时，我刚好听到小男孩好奇地发问："妈妈，姥爷能收到这些钱吗？"女子的回应声有些模糊，我没听清楚，不确定她给了孩子怎样的回答。

在街头给逝去的亲人烧纸钱，作为洛阳人我并不陌生。洛阳有"十月一，烧寒衣"的风俗，每逢寒衣节，晚上上街我都能见到"星火点点，纸灰乱飞"。在深圳，因我来的年数尚少，倒真是第一次碰到。然后，我又有点"少见多怪"了。

我并不对那名女子在清明时节烧纸钱感到奇怪。就像很多广东本地人把扫墓说成"拜山"，很多客家人选择中秋节扫墓一样，这些只是说法或时间的不同而已。我所奇怪的，是在深圳这样一座以时尚、现代著称的大都市里，竟然也会有烧纸钱这么传统的哀思表达方式。

我遇到的肯定不是个例。清明节临近，报纸上、网络上已经有人呼吁给市民烧纸钱划定专门范围，以实现城市管理和市民需求的统一。烧纸钱能够上升到城市管理和环境保护的高度，这表明清明时节上街烧纸钱的深圳人该不会少。

上街烧纸钱或许是那些无法回家扫墓的人们不得已的选择。清明时，多数人的习俗应该还是扫墓。适应此种需求，深圳数条公交都延长了线路，方便人们前往郊外公墓。而对于更多远离家乡的外来人口，归乡扫墓却并非易事。时代和科技虽然已很发达，可囿于距离远近和时间成本的考虑，对于更多的都市人，回家扫墓都只能想想而已。

人们离开了家乡，根还留在那里。记得我小时候在乡下农村，每年清明前后，村子里都会有几个长年"在外面"的人们奔波回村扫墓。那时觉得这些人长途奔波回来，就只为到祖辈的坟头上去添几把土，挂几片白纸，委实有点不划算。长大以后，才渐渐理解了那些人的心情和艰辛。

很多都市时尚达人，选择在网上扫墓和献花，认为此举方便、环保。不过对于更多不那么现代化的人们，在网络上表达对逝去亲人哀思的方式，似乎总有点荒诞和怪异。传统清明节与现代互联网的融合，在人们心理上永远有无法逾越的鸿沟。

清明真是个浸染了过多思念和伤感的节日，连天气都顺应主题来烘托人们的心情。这几天，深圳的雨季也开始了。雨水断断续续、沥沥啦啦地下着，浇得人们莫名低落的情绪更低沉了几分。难道真的因为清明的缘故，思念和忧伤都开始发酵了？

都市里的人们平时忙忙碌碌，情感已渐趋冷漠。清明时滋生的思念，倒不啻于一次情感的返璞归真。无论多远，那些烧化了的纸钱应该都能找到回乡的路，把人们的思念带回去。当街头那位小男孩长大后，或许他就会理解了。

写于 2014 年 3 月 31 日

中秋大过年

在深圳，中秋大过年，来深圳的首个中秋节就有人这样告诉我。待了数年，经历数个中秋后，我发现确实如此，中秋时深圳的热闹程度绝对胜过春节。原因很简单，作为一座移民城市，春节时大量外来人口返乡，深圳几乎成了空城，气氛自然冷清。中秋时则少有人离开，深圳的人依然很多，节日味儿相对就浓厚些。

中秋时，街上的过节装饰其实不算隆重，只在公园、商场能看到些许红灯，不像春节，主干道会挂满望不到尽头的大红灯笼。这也无妨。深圳人大都来自异乡，中秋佳节同城里少有什么七大姑八大姨需要走访。普通人间的关系淡薄疏离，聚会往往不多。待在家里没什么意思，唯有到外面人堆里去凑热闹。街上人多了，过中秋的感觉跟着就出来了。

莲花山公园风筝广场开阔的草坪上，到了中秋晚上，成对成双，一家数口，三五成群的，各自席坐，吃喝逗乐。密匝的人头中荧光棒闪烁，手机屏四处发亮，不少小孩打着灯笼在人群中嬉闹。月亮不负众人期望，每年都如约而至，大如玉盘，亮如白银，引众人拍照不止。深圳湾畔，赏月的人潮同样挨挨挤挤。海上生明月，万人共品赏。不时，空中团团烟花绽放，众人仰头拍照，喝彩声欢呼声四起，似赶庙会逛灯市般喜庆。

与无数陌生人待在一起，赏中秋明月，身边虽人头攒动，能共话明月的人却几乎没有。中秋亘古不变的主旨是阖家团圆。独在深圳打拼的人与亲人好友的团聚，不在身边热闹熙攘的现实，反倒在虚拟的网络世界。

去年中秋，南京、武汉、广州等地的大学同学纷纷拍摄当地的明月，上传微信群，我也拍了深圳的圆月上传。江宁月，江城月，羊城月，鹏城月……不知是拍照问题，还是月亮在各地的样子不同，照片中各地月亮的颜色、大小、亮度都有差异。同学们相互点评、问候、祝福，沉寂许久的微信群里极其热闹。当年的同窗而今分散各地，只能在微信上"千里共婵娟"。

佳节思亲，必定要与父母联系问候。父母念念不忘的总是子女们的衣食住行，终身大事。依然单身的，父母会催促，过中秋节了，一年又快过完，婚姻大事得抓紧。深圳有多少孤身在此的单身男女，大约就集结了多少父母的牵挂。在这座没有明显季节变化的城市，日子周而复始，一天天流失，岁月消减得无声无息，不易察觉。唯有父母的提醒让人恍然一惊：已经中秋了，这一年真没剩多少日子，有些事是得抓紧。

我的父母每年都问我吃到月饼没。我不喜欢吃月饼，父母是知道的。他们可能只是牵挂我的吃喝问题，觉得我孤身在外，中秋不可能一个人去买月饼吃，吃月饼会是个难题。这些年中秋晚上我都吃过什么？记得去外面吃过牛肉拉面，还就着啤酒啃过湖南旅游带回来的鸭脖子。这些吃食自己可能是享受，可在父母那里恐怕又要让他们难受，叹息我连个月饼都吃不到。

中秋大过年，这是我们在深圳的感受。远在家乡的父母肯定还是觉得过年最重要。因为过年时我们便可以回家，能陪他们好好待上几天，吃着他们做的饭菜，让他们稍微安心。

写于 2016 年 9 月 11 日

年近情更怯

春节一天天走近，已看得见归期，又不能立马启程，正是人心中归乡渴望快要达到峰值的时候。

返乡，过年，漂泊在外的人，无人能逃脱这场近乎情感强制的奔波。即便意志坚定不考虑回家过年的事，城市街道上日渐浓厚的新春气息，人们手忙脚乱采购年货时的兴奋喧哗，也会强行将你裹入其中。

年是家乡吹响的集结号，离乡在外奔波的人们需要借助这个盛大节日，和左邻右舍、亲朋故旧进行又一次的周期性团聚。乡情亲情，七嘴八舌，说罢一年间辞世的故人、新生的小孩，最终会落到张家儿子是否当官或赚钱，李家姑娘三十好几是否嫁人成亲，真的是一地鸡毛，满院落叶。

作为熟人社会，家乡有温情，也有世故。人们习惯于关注身边的熟人，拿当官大小、挣钱多寡等流传千年的评判标准讨论熟人混得怎样，自然也毫无恶意。打算返乡享受城市里稀缺的乡情，就得衡量心理能否承受乡邻亲朋对自己的评判。

归乡从没那么简单，自古而然。那些高中状元、衣锦还乡的传奇只是归乡故事中的特例，更多的或是不堪。唐朝诗人宋之问从岭南发配地回逃洛阳，经过汉江时，感叹"近乡情更怯，不敢问来人。"西楚霸王项羽兵败垓下后，宁可自刎也"不肯过江东"。非不能也，乃不愿也。

"恐归"故事至今仍在上演，当人们潮水般涌入城市，乡村、年都被撇得越来越远，保持旧时的模样愣在原地。城市是个陌生人社会，面孔张张生，比邻若天涯。没人关心你岁数那么大了还没成家，操心你钱赚得多了少了。你飞黄腾达或人生失意，与别人一毛钱关系都没有，大家只管过自己的日子。

平日里，这道横亘在家乡和城市之间，因社会关系、交往模式差异形成的鸿沟没人多介意。临近春节，需要归去把遗留在家乡的年捡起来重过时，这个问题就现实和严峻起来。婚没结成，钱没赚到，纠结着回不回家、回家后如何面对亲朋，都市年轻人都成了"恐归族"。

有位湖南小伙来深圳近一年，因为没找到称心的工作，故意与家人失联。春节临近，父母求助媒体寻找他，希望他能回家。我的一位90后朋友，刚上班一年多，这几天也在发愁。问她原因，她说家乡人视深圳为淘金地，回家后人们都要问她收入怎样，实在让她难以回答。

我虽老大不小了，竟也有点"恐归"。每次回家，我最怕听到亲朋说让帮忙给他们孩子找工作。他们不知道深圳流行这么句话，"千万别求我给你找工作，我的工作都是自己找的"。这种观念差异，实在难用三言两语给亲朋解释清楚。

过年了，怯归怯，家还是要回的，那里毕竟有父母在望眼盼归。父母在哪，家就在哪，年也在哪。回到家，只能尽量躲起来，过个"宅"年了。

写于2015年2月1日

抢票新年俗

似乎一夜之间，深南大道、北环大道等深圳的主干道上突然挂上了火红的中国结和红灯笼。夜色降临，十里长街，红色汇成了炫目的飘带，那些平时让人眼腻心烦的路灯车灯都被烘托得温暖喜庆起来。

红灯一亮，城市里过节的气氛就被引燃了。公园里、小区里，不少榕树也"长"出了红灯笼，望去像绿丛中开了朵朵红花。迎春花市里，赏花买花者络绎不绝——南方的人们有买花过节的传统习俗。商家呢更不用说，都早早打出了优惠促销海报，极力吸引人们前往采购年货。

节前的景象如此火爆，却并非人人都有心情欣赏感受。铁定留在深圳过年的人多为原著居民，或者来深时间较长，已经在此落地生根的人们。对于来深打工、追梦的"深漂"族，远方的家乡才有春节，此时此刻，他们最渴望的就是能"马上有"张回家的车票。

街头巷尾，稍稍留心偷听，很容易就可以归纳出人们相互间最常说的几句话，基本如此："春节回不回去啊？""抢到火车票了没有？"然后是彼此感叹，"车票真不好抢啊！"很多城市都会有抢票难的现象，可恐怕没有哪里会如深圳一般，一张小小的车票牵动大半城人的心。

打算回家过年的人，会早早计算好抢票的日期，然后怀着巨大期望守候在电脑前，只等时间一到，立马点击鼠标下手。结果每每是，12306 网站根本无法登陆。待到刷新 N 多遍，费了莫大力气登陆，显示的却是无票可售。失望之余，骂骂咧咧，可又得振作精神夜以继日地刷刷刷，期盼能有奇迹发生，抢到一张别人退回的车票。

车票都去哪儿了？实名制、网络售票推行已好几年。神州大地上的高铁线路纵横交错，与日俱增。可每到春运期间，抢火车票的难度简直不亚于高考挤"独木桥"的难度。

在"黄牛党"一秒钟刷千张票的神速度面前，普通人使用"抢票软件"也无济于事。12306 网站面对海量涌来的购票人群，经常陷于半瘫；面对"黄牛党"高超的抢票技术，又无力防范。难怪有网友调侃，铁路方面真该请"黄牛党"来做技术指导。抢不到票的人，只有去找"黄牛党"。在卖方市场的大背景下，找"黄牛"买票也需趁早去抢。最后仍抢不到票的，就只能多花点钱乘飞机了，机票相对总还好买点。

每年春节前后，抢票活动就要发生，在可预期的将来也无结束的迹象。新闻里说广东即将放开"单独二孩"，一二十年后，抢票的人估计会更多。既然央视春晚都可被视作新年俗，那么春运抢票活动影响如此广泛，人们的感受如此强烈，与春节关系又如此密切，大概更应该被视作新年俗了。

听那些来深圳时间较长的人说，春节期间，深圳很多人都回老家过年去了，市内人流车流锐减，气氛相当冷清，远比不上中秋、冬至等节日。来深圳后的两个春节，我都是抢票回家过年，心里呢，当然很希望尽快在这里真正安家，不再受那抢票之苦。

写于 2014 年 1 月 20 日

在深圳过年

深圳居民来自全国各地，春节这个"喜大普奔"的节日，深圳人的过法也是"大杂烩"，比如北方来的人必定要吃饺子、看春晚，南方人对此倒不热衷，他们吃点汤圆年糕米饭，看看粤语晚会，同样过年。

无论南北，所有过年习俗本质上都为图个好意头，像北方人吃饺子，即为来年"交好运"。在讲究意头方面，广州人显然更擅长。因距离广州不远，老广们过年追求好意头的种种习俗在深圳也相当流行，外地来深的人也都入乡随俗地接纳了。

年货定要采购的，距春节尚有一个多月，深圳大大小小的年货博览会、年货市场就开始招揽顾客了。不过独具广东岭南特色的是除夕前三四天开始的迎春花市（也叫年宵花市），广州、香港等很多城市春节前都设置专门的花市。逛花市、行花街是老广们的传统春节习俗，流传已上千年。

深圳的迎春花市设在罗湖区爱国路，规模很大，已经举办了30多届。花市上鲜花种类多样，人们经常采购的是金桔、水仙、桃花等。金桔叶绿果黄，"桔"字粤语发音和"吉"差不多，象征大吉大利。水仙清香淡雅，经过培植，可在春节准时开放，寓意花开富贵。桃树辟邪，桃花灼灼，"一树桃花满庭香"，也是喜兆。人们逛花市感受年味，按照花卉意头挑几盆花带回家装点家室，更许下美好愿望。

花市一般到除夕傍晚就谢幕了。吃罢年夜饭，很多人会到寺院里排队等候，准备烧头炷香。据说，新年能在庙里烧到头炷香的人，会得到神灵的保佑和祝福，愿望就能实现。每年除夕夜，深圳弘法寺的香客高达数十万人，庙前山道上人山人海，害得警察叔叔都得放弃过节，辛苦加班维护香客的安全。

烧头炷香的习俗很多地方都有，只不过广东的风气似乎更盛。烧香许愿者那么多，第一炉香又有限，有些地方就把烧头炷香的资格拿出来高价拍卖。普通人能烧到的只是本人新年的第一炷香。也没关系，其意头同样是为讨吉利。

过新年，少不得要发压岁钱。在北方，是大人给家里和亲戚家的小朋友发钱，百元大钞都很常见，也不用红包装，直接就塞过去了。广东这边，已婚者给未婚者发红包，叫"派利是"。红包内的钱一般不会多，五元、十元、二十元都有，讲究的是"多发"。不管熟悉与否，未婚者也可主动向已婚者"逗利是"，大家都图个欢乐喜庆的意头。

逛花市和烧头香的风俗，在深圳的北方人未必都会参与。派利是、逗利是，大家倒是都很快学会了。有派利是职责的，春节前要抢早到银行换小面额的新纸币，装到红包（利是封）内，随身带着以备派送。谁派得越多，新年就越发达。逗利是，更是深圳未婚者春节期间热衷参与的乐事。

在深圳，外来人口占绝对多数，节日期间大都返乡了，深圳几乎成为"空城"。留深过年的朋友说，春节期间深圳人稀车少，天分外的蓝，又没有鞭炮嘈杂，真的很惬意。城市温暖空旷，又有那么多好意头，想想也是醉了。

写于 2015 年 2 月 1 日

公交纪事

公交车是个流动的世界。来深圳数年，每天上下班我主要乘坐公交车，有时会碰到一些比较奇特的人和事，虽然不美好，却是真实的世像百态。今略整理几则。

早班高峰时的公交车上人很多。我坐在车厢靠后位置，听前面人堆中，一女声吆喝："你碰我手干吗？"没人回声，或者回了我没听见。过了会儿，女声又喊："你老碰我手干吗？传公交卡你不能用嘴说？"下车后，同行的熟人说，真想看看那女的长得多貌若天仙。

某次，公交车驶出始发站，出口处有轿车挡着，公车司机使劲按笛，小车仍然不动。车上一小伙说，师傅你打开后门，我下去叫他把车开走。小伙下去，拍打轿车前窗，小车司机才稍微挪动了点，但仍挡着公交车。如此三番，公交司机气得下车去和小车司机叫骂。直到有个女的上了轿车，轿车才开走。

某天，天凉，早上起床稍晚。匆匆赶到公交车站，刚好有一辆公交车，赶紧排在人后，一老者示意我帮他拎包上车，他自己还拉着一兜菜。我有点不悦，嘟囔说："我不帮你提，你上班高峰来买什么菜呢！"嘴上这样说，手还是帮着提了上去。挤挨着站到后车门处，听到后车厢座位上俩女的争吵，听了几句才明白她俩也不认识，可能是上车时发生了点推搡碰撞而已。俩人你来我往，言辞激烈，把她们的妈妈都扯进来了，车上的人也充耳不闻。还好，车驶出站一两分钟，待我想制止她们时，她俩也住口了。以前人说：百年修得同船渡。这能赶到一辆车上也是不易。现在的都市人，终是没有古人的心境。

有次，也是早上上班的公交车上，身边一老人突然让传话给司机要什么证件。证件传回来后，他开始骂骂咧咧，说都65岁了难道还付不起2元车钱，一个证件审查这么久。前面有女乘客替司机解释两句，说刚才往后传，没人回应。老人更来劲，满车厢都是他嘴里的葱蒜味。他还两次拍了我手臂，让我认可他的话。后来，大家都不理睬他，他的叫嚣声终于消停下去了。我在心里感叹：老年人啊，你是那么需要引起别人的聚焦吗？

有一回，到公交站才发现忘了带手机。这记性，早上洗脸时还专门想着要把手机塞进包里的，还是忘了。没手机刷不成"深圳通"，只好拿十元在小卖部换零钱。小伙子说刚开门换不开，我说拿瓶矿泉水吧，这才找了我8元。我快到站下车时，公交突然一个急刹车，车内的人都打了趔趄。然后，看到一个"黄衣服"出现在车右前侧飞过，吓我一惊：这时代，人都怎么了？

还有次，车上拥挤，那些从后门上车的人的公交卡由乘客帮着传递到前门打卡，本来很美好的感觉。然后，有个男的说他的卡没传回，问谁见到了，没人应，他就开始骂骂咧咧。还让司机把车停在路边，谁也不准下车，说要报警。车停后，众人都很生气，说大家急着上班，你卡里最多也就一百元吧。还有人提议每个人给他几元钱。后来总算是在脚下找到了。那人说，肯定是拿他卡的人怕查，扔到地下了。我有点无语。

深圳的公交车便捷、卫生之外，还有许多美好、文明的事情，比如，排队等候着上车，在公交车上给有需要的人士主动让座，帮忙传递公交卡……我所记录的这些不美好只是偶然，可也让人不时心生感慨。

有人说，深圳这座城市没有门槛，进来的人素质参差不齐，导致发生些奇葩事情。可似乎所有城市都有此类事情。这些不堪，难道是人们红尘生活中必不可少的插曲？

写于 2017 年 1 月 20 日

深圳男女比

一个非官方的说法，深圳男女的比例是 1:3 到 1:7。至于这是深圳所有男女的比例还是单身男女的比例，不得而知。作为未婚男子，我猜测，当然也希望指的是后者。

这个男女比例数字我是知道的，从何渠道得知已不可考。来深圳之前，在家乡朋友为我送行的酒宴上，我在半醉半醒之间，就曾开玩笑说南下深圳的主要原因是因为深圳女的多、男的少，"男"以稀为贵，到了深圳我就更"抢手"了。

到深圳后，我和新同事说起深圳男女比例这档子事，他们大多表示不清楚。有几位倒听到过这个说法，但表示并没感觉到身边真是男少女多。和我年纪差不多的同事，也都已结婚生子。深圳人结婚的年纪，似乎并没有我们想象得那么晚。

这只是初始的印象。随着认识深化，我发现深圳单身未婚女性着实不少。分析一下原因，"关内"写字楼里虽然可能男女持平，在"关外"众多工厂里打工的人，则是年轻女子居多。真做个统计，深圳或许确是男少女多。

在适婚年龄上，社会对男的似乎从来都比对女的更宽容些。很多情况下，大龄女好像显得更着急。在深圳，女的主动向男的表达好感或者交往意愿并不少见。虽然有"男追女，隔重山；女追男，隔层纸"的古话，还是会让思想保守者感觉怪怪的。

男的在婚姻选择上的年龄优势，有时候还会闹出笑话。在同事们看起来，我已经属于大龄"剩男"了。可一位同事听到她朋友说单位里有好多女孩，就很热心地向她朋友介绍我的情况，希望给我牵线，没想到她朋友听后竟嫌我年纪小。搞得我哭笑不得：我都三十多岁了还算小？

深圳这么多"剩男""剩女"，除却住房等可能的制约因素外，交际范围有限，没有亲朋好友做"媒介"，也是男女婚恋的重要障碍。大把的单身男女自然很为婚姻问题发愁。某知名相亲节目，曾每隔段时间就到深圳来海选男女嘉宾，大概也是看中了深圳众多单身男女期待相互认识交往的旺盛需求。

能上节目相亲的男女毕竟是极少数，更多的人还得依靠其他方式寻找恋爱对象。深圳莲花山公园入口左侧的树林里，有个非常有名的婚介角，每天都热闹非凡。那里的树干上、公告板上贴满了征婚交友的纸张。还有很多老人拿着印有子女信息的纸片相互交流信息。每当有青年男女孤身在婚介角出现，老人们都蜂拥而上，问长问短，意恐错过了子女的好姻缘。

男大当婚女大当嫁，子女婚姻的事情始终是天下父母的牵挂。很多单身男女的父母专门为子女的婚事来到深圳，替忙碌的子女张罗恋爱对象。可父母又有多少人脉资源呢？也只有借助公园里大众化的婚介角了。

深圳男女比例无论到底多少，都只是个整体统计数字。融入数字里的每个单身男女，个人可能还无所谓，父母却是极其焦虑。

曾在相亲角巧遇一幕场景：有位年轻人随口对一位在相亲角替子女相亲

的老人说，深圳男女比例1∶7，惹得老人追在年轻人后面吆喝，那都是瞎说，哪有那么高的比例！还有，某年春节期间，央视新闻联播采访一位深圳老人，问她幸福吗，老人说幸福。问她有何不顺心的事，老人犹豫再三，说她只为孩子的婚事操心，说孩子年纪已经很大了还没对象。

真是可怜天下父母心！面对这般忧心的父母，子女们应该明白，婚恋从来不是个人的事情，即便到了深圳也一样。而爱情和婚姻，也不只是个比例数字那么简单，遇不到合适的对象，不管男多女少，女少男多，比例再高都是枉然。

写于 2013 年 3 月 14 日

猫山狗海

都市人爱养宠物，据说是因为寂寞。深圳地狭人稠，人口密度居国内城市首位，人与人的关系却十分疏远，养宠物排遣寂寞、寻求寄托早已成为时尚。宠物种类繁多，最寻常的当属猫和狗。深圳猫、狗之多，依我所见，用"猫山狗海"来形容毫不为过。

小区内外，街头巷尾，都能看到狗的身影。它们跟着主人出来溜达放风。围着肚兜的，剃光了毛的，带着发光项圈的，看得出主人待它们不错。猫比较宅，碰见的机会少，更多是在微信上看朋友晒它们或呆萌，或傲娇的模样。猫的数量估计也不少。一位朋友养猫，我顺口问她养几只，她轻松地说四只，把我惊了一下。这数字完全超出我的想象。

小时在乡下，我养过猫、狗。可现今听到人们养猫、狗的趣闻还是让我大长见识。用名人巨星、富商巨贾的名字给自家猫、狗命名；带猫、狗去宠物医院看医生、做美容；把猫、狗当家庭成员，自己当猫妈、猫爸、猫叔、猫婶；根据猫、狗的生日确定猫、狗的星座……这些事情已不算奇怪。最搞笑的是主人还要操心给进入青春期的猫、狗寻找门当户对的佳偶，或出嫁，或入赘，促成桩桩姻缘。感觉猫、狗的待遇真比人高出很多。呵呵，我承认我有点少见多怪。

很多人确乎是把猫、狗作为亲人、作为知己来看待的。白天在外拼搏，遭遇世间的虚伪、欺诈、不公，遍尝人心的叵测、隔阂、冷漠，晚上拖着疲惫的身心回家，猫、狗贴心地冲你跑来，对着你撒娇，干净深邃的眼神与你对视，万般烦恼和无奈顷刻顿消。午夜梦回，猫、狗的酣睡声化为绕指柔，驱散长夜寂寞。这种感情与小时养猫养狗作玩伴一样。只是许多年以后，在拥挤的城市里，人们对猫、狗的依赖程度反倒更甚。

我现今并不养猫狗，但身处"猫山狗海"也常受到它们的影响。前年春季，夜半三更，小区里有几只猫在扯着嗓子叫春。那声音难听得让人反胃。被扰醒后要花很长时间才能再次入睡，心中为此很是愤愤。那些猫大概是流浪猫，后来或许是被物业管理人员驱赶，去别的地方流浪了。虽然被那些猫影响了睡眠，过后想，它们曾给其主人带去过欢乐，对人有益，心中便释然。

"猫山狗海"中，每每看到那些流浪的猫、狗，总觉它们可怜。都市里街巷纵横，高楼林立，立交桥、红绿灯、斑马线、飞奔的车流，人可能都会迷路，流落在外的猫、狗又如何能找回家去。我曾在一处公交站台看到只小黄狗爬卧在水泥台上，旁若无人，默默守望着，真担心它是被主人遗弃在此，而它还痴心坚定地在等候主人。微信上看到"寻狗启事"，想为猫、狗重情有义的主人点赞。看到有朋友拿食物喂养流浪猫，心中便是一暖，同时，也跟着他们抱怨：既然养了，为什么要遗弃呢？

它们穿过"猫山狗海"来陪你，给你带来过温暖和慰藉。除了不慎走失，想必它们不会主动离开主人。主人是它们的托付和依靠，离开主人，它们的性命随时会有不测。"狗猫通人性"，那些被主人遗弃，饥饿疲惫四处流浪的猫狗，不知是否对遗弃它们的主人感到伤心难过？都说动物凶猛，可最无情最凶猛的明明还是人类。

写于 2016 年 9 月 11 日

一不小心成了老板

　　深圳街头，进到饭馆或店铺，经常性地，你就可能被店家称作"老板"。一不小心成了老板，开始你会有点不好意思。你与老板毫不搭边，你不经商，荷包羞涩，更没长一副富贵的老板相，故而会以为店家把彼此的身份搞颠倒了，明明他才是老板呀！时间久了，你听习惯了，也明白店家口中的"老板"，其实和叫别人"先生"差不多，一个称谓而已，不必当真。

　　市井俚语，有时恰能展示城市个性特征。不知其他城市有没有称呼顾客为"老板"的。但"老板"这一常听到的称谓，确实契合深圳实际。深圳公司企业众多，店铺比肩，商贾云集，经过你面前的那些人，一个个不是老板也有可能正处在成为老板的路上。人海中的老板多了，逢着陌生人叫对方"老板"，大抵不会错。叫错了没谁会去较真。现在不是老板，不代表今后不会成为老板，一切都有可能。

　　"老板"成了深圳人口中的寻常称呼，便不再那么"高大上"。掌控大小公司，西装革履，住着豪宅、开着豪车的当然是老板。可开个网店、衣着休闲、无房无车的打拼者同样也是老板。创业有先后，老板有大小，作为商海里的打拼者，所有的老板无论大小，一样值得尊重。

在深圳，一个人想成为老板似乎并不难。深圳因改革而兴，现又发展成为创新之城、创客之都，营商氛围浓厚，创业环境宽松，对创业者多了开放包容，少了束缚羁绊，吸引着四方怀揣梦想的创业者前来追梦。英雄不问出路，这里正是创业者的乐土，创业者尽可大显身手。

更何况深圳很年轻，城市平均年龄据传还不超 35 岁，街头巷尾到处都是意气飞扬的青春面孔。每个来深圳追梦的年轻人都是一个可能爆发的"小宇宙"。在深圳，你经常能听到身边的 80 后、90 后轻飘飘地说不想干了，想出去自己做点事。问他们是想自己创业吗？他们会说：是，想自己当老板。几句话就让你有点惭愧。创业，当老板，在他们口中显得何其轻松。纵然明知创业之路不会那么容易，你也无法怀疑他们，说不定再过几年他们中间会冒出个马云、马化腾式人物呢。

心怀创业梦想的人肯定不那么安分，不愿意长期待在一个地方按部就班。可能某天上班后，你会突然得知公司又有人辞职。这早已不是什么大事，辞职离职，对深圳的年轻人稀松平常。身边的年轻人，换得跟走马灯似的。相比他们，曾几何时，你还为得到一份稳定的工作劳心费神，意图在一个岗位上安度此生。在这些辞职创业的弄潮儿看来，如你那般一辈子待在一处，坐在一张凳子上工作的人，大约人生总是失色了不少。

你也心有所动，想闯荡一番创业做老板？还是要慎重。不是所有的创业者都能成功，也不是所有的创新者都能做出机器人、无人机。"没有人能随随便便成功"，若要创业，仍须三思而后行。对于更多人，能在工作中发扬干事创业、开拓创新的精神已经足够。想过老板瘾，就在店家招呼你"老板"时心里享受一下吧。

写于 2016 年 10 月 11 日

人情味

时常听到身边有人感叹：深圳没有人情味。他们说得很彻底，意思表达很明白：深圳的人情味不是淡了、薄了，而是根本没有。倘问他们什么是人情味，又多语焉不详。也难怪，人情味那种似无还有、冷暖自知的感觉，只可意会无法言传，谁能说得清呢。

人情味肯定不是街头巷尾陌生人间客气的礼貌和热情。公交车上给老人主动让座，采血车上伸出手臂义务献血，耐心为问路者指路导向，这些深圳都不缺。甚至拿钱施舍给路边的乞讨者；读罢微信上催人泪下的软文，慷慨打赏重病募捐者，深圳人做得也不少。说深圳文明程度高、深圳人有爱心，估计没人反对。

偏偏深圳没有人情味。发出此种感慨的人，大抵还会跟着再抒发几句"我们老家的人情味就特别浓"，以与深圳做比对。

每位来到深圳的外乡人，心中都会有挥之不去的老家情节。在老家有很多的熟人，可能是自己的亲戚、朋友、同学、战友、同事……这些熟人又有他们自己的熟人，如此绵绵不绝，结成了一张无形的熟人网络。每个人成了熟人网络上的节点。联络那些节点的，或正是所谓的人情味。

老家的熟人社会里，世界实在太小。几个朋友到餐馆吃饭，就可能碰到其中一位朋友的熟人在隔边餐桌，于是相互端茶送酒，基本便算相识了。有了熟人好办事，遇到孩子上学、看病之类的难题，就托人求人，帮忙打招呼写条子。熟人之间自然少不得有借钱还钱，或借钱不还的事情，不管悲喜，一直都在上演。

遇有举办婚宴，稍微沾点亲带点故的亲戚朋友，平时见面只是点头而已的人……都是遍洒红色请柬的对象。不去，再见面尴尬；去了，就要送礼金。每月送出的礼金，多得让人心痛，婚礼请柬便被人戏称为"红色罚款单"。不过，谁家没个喜事，礼尚往来，送出去的礼总有回收的机会。收礼的人家，一般也不会迁徙离开。

还有孩子满月或十二岁生日、老人过寿、朋友聚会、同事升迁……老家的熟人多，名目事由多，各种宴聚足让人觉得人情味满满。

到了深圳，突然发现满眼尽是陌生人。老家那种令人亦喜亦烦的人情味荡然无存。这里几乎没有亲朋，更没有远房的七姑八姨。在饭馆里遇到熟人的概率小到可以忽略。写字楼里的同事，换得比走马灯还勤，不打招呼、没有辞别就可能突然消失了。电梯里上下班时常见的几张面孔，依然漠然如白纸。打算像过去一样，对着不很熟的人主动招呼玩笑几句，人家准以为你有病。

"红色罚款单"绝迹了，目前还是同事的年轻人几乎悄没声息结婚了，送包瓜子、喜糖过来已是难得。没听说有什么"熟人"去参加婚宴，是否大家都在功利地计算，明天他可能就不吭声辞职离开了，倘送礼金出去定是有去无回？若想找人借钱或借给人钱，先掂量下深圳流行的那句话——"我可以请你吃饭，但不能借给你钱，因为我不知道以后还能不能看到你"。古道热肠什么的，不是深圳的气质。

　　人们相互不知根底，所以提防怀疑。人们无法预测聚散长短，所以短视功利。熟人社会的世故人情，有时或令人厌烦。可当感觉不到人情味时，人又会有点慌，有点孤单寂寞冷。一座城，一个人，没了人情味，到底是好还是坏，真的说不清。

写于 2016 年 12 月 5 日

共享单车

　　仿佛一夜之间，深圳街头突然冒出许多单车来：红的，黄的，蓝的，都没有横梁，看上去简便轻巧，透着小清新范儿。人们——主要是年轻人——骑着单车在街道两侧的人行道上，潇洒来去，不时还洒下串串清脆的车铃声。"共享单车"成了许多人常挂嘴边的词。摩拜，小鸣，小蓝，小黄，如果谁还不懂这些，那就显得特不时尚、特不与时俱进了。

　　很不幸，我就是那种不太赶时尚的人。知道共享单车，手机里却尚未安装任何一款单车的APP。直到有次周末聚餐结束，见夜色正好，朋友们提议骑单车消食去，得知我手机里没有单车软件，都催促我尽快安装。于是，下载软件，注册，交押金，倒也顺利。使用软件查找附近单车、扫描车身二维码开锁时，我有点生疏，朋友家八岁的小孩不待我细琢磨，抢着帮我麻利地搞定了。

　　骑着单车，在流光溢彩的马路、广场上兜风，确实让人心情愉悦，载人飞奔的好像不是单车，而是城市里正在流行的时尚风潮。想起小时候，小伙伴们背着父母，推出家里高大的自行车，一块到打麦场里学车或骑车过瘾，似乎也是当时很奢侈的时尚。谁能料到现今自行车又以"共享单车"的名义，回归我们的生活。所不同的只是这些单车不再属于个人，而是归属于几个商家，由城市里所有人共享，在地铁、公交、私家车出行之外，帮助我们完成日常"最后一公里"的距离。或真应了那句老话，"风水轮流转"。

当晚骑单车兜风结束，因离住处不远，我索性直接骑车回去。在路边拉下车锁，手机即刻扣费，并显示：骑行时间75分钟，节约碳排量420g，消耗能量728卡路里。数据未必准确，它只是令我直观感受到骑单车的绿色、环保、健康，心里美滋滋的，我迅即被共享单车俘虏，成为其拥趸。

次日外出办事，我再次在街边找辆单车骑。开锁后正准备骑走，有位大姐，大约年近五十，走过来问我：这个车子怎么开？我告诉她，先要用手机下载软件。大姐说她手机没法下载，能否办卡使用。我说那没办法，好像只能用手机软件。那位大姐对共享单车的懵懂，让我想起朋友家八岁的小孩，如果单车真算一种时尚，那大人对其的接受程度，确实不及一位小朋友。单车时尚，显然更受年幼者青睐。

骑单车的次数多了，新鲜感慢慢消失，问题和麻烦渐渐涌现。深圳很多街道没有专门的非机动车道，单车只能在道牙外的人行道走，道板砖引发颠簸不说，行人多时，诸多单车又在与行人争道。还有，找身边最近的单车并不那么容易，如果手机安装的是小红车软件，纵然身边停着不少闲置的小黄、小蓝，也只能舍近求远继续去找小红，因为各种颜色的共享单车之间，尚未实现"共享"。

最要命的，很多人只图自己方便，骑单车到达目的地，顺手就锁车停放，停哪算哪，即便附近有专门划定的单车停放点，也不愿意多走几步。于是，街头巷尾、小区内、花坛边、大树下，都能看到各色单车的身影，斜放的、横靠的，孤零零的、三两为群的，完全没了共享单车小清新、新时尚的味道。

共享单车的流转，很像我们以前玩的"好书漂流"，一个人用过，放在合适地方，下个人经过那里刚好接着用。"好东西要分享"，但所有的传递、流转、共享，必须以遵守规则为前提。倘若我们没有规则意识，共享单车火爆的时代，估计也难延续长久。

写于 2016 年 12 月 20 日

第五部分／岭南小感

当五千遇到三十

千城千面，每座城市都有其独特的个性，但能够承载和标志一个国家发展历史的城市却又屈指可数。一种流传比较广的说法是：要了解中国，三十年看深圳，一百年看上海，一千年看北京，三千年看西安，五千年看洛阳。那么，当一个人从五千年的洛阳来到刚刚三十出头的深圳，会有怎样的感受呢？

洛阳是古老的。掬一捧洛水的清波，便能感受到洛神的曼妙婀娜，往深处体会，还能触摸到洛书的厚重沧桑；漫步洛阳田间地头，脚尖无意踢碰到的，可能就是汉砖唐瓦的残砾……而今，帝都辉煌虽然不再，但洛阳依旧古朴宜人。在洛阳住久了，人们会慢慢习惯和喜欢上洛阳的恬淡安逸，闲散舒适。

深圳呢，则完全是一种青春年少的感觉。深圳最典型的特征，除了年轻，还是年轻。在这座因改革开放而诞生的城市里，找不到一点点与历史有关的痕迹。如果想在深圳寻找什么历史的味道，注定是要失望的。城市里高楼大厦是新的，城市里涌动的面孔也朝气蓬勃。到了深圳，人似乎也会跟着城市年轻许多。

喝惯了洛阳的汤汤水水，被洛阳的古风古韵浸染得过深的人，从洛阳来到深圳，多会产生"穿越"的感觉。经过八小时高铁车程，人就从五千年的洛阳跨入了三十年的深圳。相比五千年的时间跨度，数小时车程显然无法让人进行充分的心理调适。深圳街头的灯红酒绿、时尚新潮，深圳生活的人情冷暖、苦辣酸甜……足以让人以为到了另一番天地。

更何况深圳还是有名的经济特区！很多人到深圳，大概也是奔着"特区"的招牌而来。虽然时过境迁，特区招牌已不复改革开放之初的辉煌，但深圳毕竟是改革开放的"试验田"，特区招牌影响仍然还在，并成为深圳最为自豪和显著的城市标签。

既然深圳是"特区"，或多或少总该有属于"特区"的特别之处。"特"在何处呢？或许在于此前先行先试的经济体制，或许在于深圳的城市文化、市井生活、饮食男女……不管"特"在何处，只有三十多岁的深圳，对于从五千年洛阳过来的人，都充满新奇和诱惑。

机缘巧合，我恰恰就成了这么一个从洛阳来到深圳的人。此前，我在洛阳生活了十多年，一直认为自己是个非常典型的洛阳人，身上有浓厚的洛阳烙印。现在呢，无论心中乐意与否，我还是离开熟悉的洛阳，生活在年轻的深圳。

当洛阳遇上深圳，总会有一些改变要发生，总会有一些属于人内心和本质的东西要坚持，而无关我身在何处。当五千遇到三十，总会有一些与这座年轻城市有关的事情要铭记，总会有一些城市文明共通的东西会引发共鸣。尤其，当我用五千年的眼光来看待，更会别有滋味在其中，我将信马由缰地记述。

写于 2013 年 7 月 23 日

深圳一月

欢乐的日子总是过得飞快，不觉间我到深圳已满一个月。

这一个月，刚好经历了季节从秋到冬的交替。中原的家乡洛阳，这会儿大概也尚未真正入冬，秋意却肯定很深很浓了。中州路上的法桐该是不断飘落着黄叶的，隋唐城植物园内的那片荷塘该是枝惨叶败的，洛河的水面该是寒烟连波的……这些景象我现在看不到，但足可以想象。毕竟，心里都很熟悉。

一个月时间，在几无季节变化的深圳则很难发现多少改变。那些我尚叫不出名字的花儿，依然红的、紫的、白的开得正欢。草、树、山，依旧绿得苍翠旺盛。树下躺着的几片叶子，显见是长老了，并非因怕冷而跳下的。街上穿短衫的人着实少了，但仍然有。穿着短衫短裤出来，断不会觉得冷，更不会招人笑。

街上的人走了、来了，没谁关注。在流动的深圳，来一个人就如一滴水融入了海洋，生不出多少动静。来后，只管晨昏交替地铺展开自己的生活就成。没有陌生、没有被排斥，此前的生活很自然地在这里得以承接延续。当然，故地的风物是真的看不到了，故地街上经常遇见的陌生路人也碰不到了。

不同于边上的花草树木，在深圳街头，经过我身边的路人，一直在变。人的样子又似乎区别不大，都很年轻，戴眼镜，白衫黑裤，挎着个包行色匆匆。早上冲入地铁，旁若无人地将视线集中到免费领取的《地铁早八点》上。到站后，迅速消散到各自己办公场所。夜晚，又拖着疲惫的身躯归入或逼仄或宽敞的巢。

身边经过的人，永远，就只能是路人。合租房子、同住一屋檐下的人，距离竟然也保持得很远。

到深圳后，我无可避免地开始了先前电视上才能看到的合租生活。与合租的人初次见面后，我仍按自己先前与陌生人交流的方式，搭讪询问对方的工作、籍贯、年纪什么的，对方竟然把驾照递过来让我查看。搞得我极其无语，赶紧解释说只是随便拉拉话而已，并没有不信任、要查证件的意思。

我把这个事情作为笑料讲给新同事。热心的同事劝我说，在深圳这地方，不要随便询问别人的情况，尤其是初次见面。也是，一个月间我与合租的人碰面的次数屈指可数。见到了，只简单讲几句与租房有关的事情，仅此而已。

我的几位朋友，已在深圳发展多年。对我的到来，他们很兴奋。虽各自忙碌，大家还是抽空见面吃饭聊天。不时，他们会打电话询问我的情况和需要。我开玩笑说，都说深圳人情淡薄，你们到深圳这多年怎么还这么热情？一位朋友道：身边又多了一位知根知底的朋友，当然很高兴。看来，即使在深圳，人情世故、世俗情感，仍是每个人的必需。

昨晚回住处的路上，有人问我往布吉怎么走。我遗憾地告诉他，我刚来深圳不久，也不认路，但好像离得挺远，最好坐地铁去。他便说他来自辽宁，身上只剩一元钱了。这种做派言行，我很自然地把他当作乞讨骗钱的人。不过看他背着行囊，我还是掏出十元钱给了他。我想，或许他真是刚从外地过来，遇到难处了呢！

深圳的夜晚，煦风和畅、灯光璀璨。我欢喜的心情正和我刚踏入深圳时一样，丝毫没有随着一个月的消逝而减少。其中原因，有初到南国的喜悦、摆脱沉疴的轻松，更有内心洋溢的温暖。这温暖，足以让我在这个可能更适合自己的地方幸福快乐地生活下去。

夜里，房间里竟然钻进了几只蚊子，不咬我，只在我的耳朵边嗡嗡地叫。在家乡洛阳，这时节，蚊子该已销声匿迹了吧？

写于 2012 年 11 月 10 日

深圳半年

几天前，我拿到了深圳这边的新身份证，心理感觉有点怪怪，但这只是感情上的反应。更多的还是觉得庆幸。此次调动涉及的人事、户籍等手续终于顺利办结。这就是极大的胜利！

此时的深圳，已是暮春时分。虽有"四季如春"的美誉，可那终究只是比喻的说法，城市里还是留下了不少春天划过的痕迹。火红的木棉花"啪嗒啪嗒"几乎落尽，新芽才刚冒出枝头。常绿的榕树悄然间换了身绿装，清新可人。芒果树满头黄花早已零落，树梢上挂出了粒粒青果。天气阴雨绵绵，忽凉忽热，南方人说的"回南天"大概不会再出现了。南国春日这些风物景象，于初次经历的我，总有着莫大的乐趣。

城市和身边的人，我也渐渐熟悉起来。生活圈子在拓展，人情世故的种种便也开始上演。相识不久时，人们都会客客气气；熟悉之后，没了那么多客套，很多东西就会显现，看法、是非之类的东西就会产生，这大概可以归为一种人际交往的定律，也没啥不好，角度不同而已。此前已经见过太多，一点不觉新鲜，仍旧坦然面对，毕竟我也算"老江湖"了。

生活的乐趣开始增多。有了圈子，可以吆五喝六，饮酒聊天取乐。有次，竟然沉醉到不知怎么回的住处。酒醒后，发现身上有伤痕数条，却回忆不起昨夜在哪里跌倒划伤。这种稍微的放纵，以前在洛阳时也发生过两三次。何地饮酒、对饮的人、下酒的菜，其实都不那么重要，关键只是饮酒的心境。酒醉深圳，让我又找回了久违的洒脱和豪放。

少不了有一个人孤单寂寞的时光。那就"宅"在住处，看书看到眼睛发酸，或者睡觉睡到脑袋发胀，和在洛阳的生活没啥两样。也到街上去溜达闲逛，看看这座都市的繁华，顺便驱逐一下所谓的孤独。嫌街上吵闹就爬山去。深圳到处是青山，不高，多树，适宜休闲消遣。我的住处后就有青山，还有个水库，抬脚就到，方便至极。

借助特区优势，收入比先前多了，手缝还是很大，存折上的钱似乎并没增长多少，收入数字只是让心里产生了点满足感。同样的付出，拿到的报酬肯定还是希望更高一点，这是人之常情。不过作为比较有良心的家伙，个人还是觉得工作上的付出有点不够。我经常产生疑问，自己的工作值不值那个报酬？这种不安让自己清醒，也让自己知足。

与先前的人和事，有意或无意联系渐少。时空的距离不是原因，只因大家对很多事情没了共同的感受。生活其实是有磁场的，在一个磁场里，大家就会有很多共鸣。来到另一个磁场，圈子、朋友、人事、话题自然都会更新。人的一生中，总有许多人会成为故旧。偶尔相逢，一起回忆共同经历过的场景，祝愿彼此在各自的磁场里生活安好，也很好。

有很多东西先前只是悬在前方，在深圳顺理成章都可以拿到，这是"庙"大的好处。地方大了，很多问题不再是问题，就没了那么多的鸡毛蒜皮，人活得也会更自在。这里的很多同事对我放弃安逸生活来深圳感到不解。他们不知道，我想要的其实只是一种精神自在的生活，来深圳正好。

这话听起来很小资，所以不能给他们解释，我还是到外面看春雨中的绿树去。

写于 2013 年 4 月 11 日

结缘深圳

　　人活到一定年纪，经历过一些世事，渐渐就可能会相信"缘分"之说，觉得世间所有的因果原本都已冥冥注定好了。对于与深圳的相逢，我就有这种感觉。

　　最早知道深圳是在20世纪80年代。那时，我大约还不超过十岁，正在读小学。在小镇上工作的父亲隔段时间就会带一些旧报纸回来，我那时已能够读些简单的文章，没事喜欢翻弄那些报纸。报纸的种类大概有五六种，其中竟有《深圳特区报》。报头上的"区"字和"报"字用的是繁体，"报"字我认得。繁体"区"字的里面好像是三个"口"字，我就不认得了，便自作主张将"区"读作"欧"字。当时的我其实常犯这样的错误，比如还把《参考消息》报繁体的"考"字读错为"政"，称为"参'政'消息"。

　　深圳带给我的这桩乐事，现在我每天翻阅《深圳特区报》时想起，还有点乐不自禁。但这也绝对是件幸事，在我们那个偏僻的山村，同年纪相仿的孩子相比，我绝对是最早接触到深圳的报纸的一个。当时既然把"特区"认作"特欧"，自是还不懂得特区的含义。但这种接触，比起后来在教科书里学到的

"深圳是我国五个经济特区之一"的教条式概念，似乎来得更真切。——虽然报纸的具体内容，我当时委实也没读进去什么。

之后的学生时代，深圳就一直和"改革开放"相伴而生，成为教材和新闻不断灌输给我的一个符号，仅此而已。我并没有对深圳有太多的关注了解。深圳远在祖国东南沿海，离我太远了，即便大学毕业找工作时，我也没产生过要去深圳的念头。

大学毕业回家乡参加工作，一晃我也就三十多岁了，生活平淡安逸地过着，没有不好，但也没有很好。如果说这期间和深圳有什么交集，那就是我的一位好朋友大学毕业直接去了深圳工作，并在深圳安家落户，朋友每次回洛阳相聚聊天时，会给我谈些深圳的事情，并热情邀请我去深圳玩，每次我都会答应，却终究没有去成。

直到某天，我忽然觉得生活一成不变其实有点可悲，就想换个工作环境。机缘巧合，刚好看到了深圳一个单位的招考公告，便报了名。参加考试时第一次到深圳，满眼的绿树青草，我眼前为之一亮，立马就喜欢上了深圳。当时还产生了一个奇怪的想法：树木花草都能在这里扎根生存，我一个大活人，就不能在这里活下去吗？

还算比较幸运，我通过了考试，来到深圳工作。当看到深圳街头一种开得红艳艳的花时，我忽觉似曾相识，想起暮春时节的一个傍晚，去参加几个文友的聚会，等车的时候公交站台边有人推着三轮车卖花，我一下看中了一株齐腰高、开满叶子状红花的花卉，知道一位文友爱花之极，便想买了顺路给她带去。问卖花人这是什么花？回答说是"三角梅"。但因这盆花搬运困难，只好放弃，另买了一小盆茉莉花。但那盆在暮霭中、人流旁开得满枝艳红的花，还是印在了我脑海。卖花人叫它"三角梅"，现在我知道了，它正名叫簕杜鹃，是深圳的市花。

我不得不惊奇于那个傍晚与簕杜鹃的相遇。文友围绕我带过去的那盆茉莉花，写了一篇文章，题目是《偶然》。那么我看到那盆簕杜鹃后差不多半年，又在深圳看到满城的簕杜鹃，大概该叫作"必然"了。

不管你信与不信，我和深圳真的就这么有缘分。

春节期间回老家，到派出所办理户口迁出手续后，我心里很有一些惆怅，觉得自己和这座家乡城市的联系，似乎因为这纸证明的开出，彻底地断了。没几个人能理解我对家乡城市的感情，能体味到我有多喜欢那里的历史文化，离开家乡，我并不很舍得。所以当有人建议我卖掉家乡城市的房子时，我直接回绝。为什么要卖掉？那是我的老窝，我总有一天会回来的。回老家是将来的事，现在既然命中注定我要到深圳，那就顺应这种缘分吧。

"年轻的深圳，接纳了风华正茂的你！"一位朋友在发给我的短信中如是说。其实，我已真的不那么年轻了。不过，即便是到深圳赴一场迟到的约会，来了总比不来的好。这个，我永不后悔。

写于 2013 年 3 月 17 日

相思洛阳汤

以前我在洛阳时，一位在南京工作的好友经常向我感叹：好想喝洛阳的牛肉汤啊，还问我能否邮寄一碗过去。我那会儿总觉得她有点矫情。不就是牛肉汤吗！早上在洛阳街头走走，满街都飘着牛肉汤、羊肉汤的味道，馆子里满满的都是埋头喝汤的人，有什么稀奇的?!

我没有古时候陆凯"驿寄梅花"的那种雅兴，再说现代邮政貌似也不给邮寄这种汤汤水水。因此听朋友说说，也就作罢，只能任她在外地对牛肉汤"相思成灾"。

来到深圳后我才深切体会到：喝惯了牛肉汤、羊肉汤的人，对洛阳的汤真有种难以割舍的"瘾"。十天半月不喝还能忍，但喉咙已经发痒；再往后，人就会心里难受，想要飞回洛阳到汤馆里大快朵颐一把。

其实，深圳应该算是"美食天堂"了。广东人本就爱吃、会吃，深圳又是个移民城市，汇聚了天南地北的菜肴。除了顺德菜、潮州菜、客家菜等广东本地菜外，湘菜、川菜等也是大行其道。外国菜馆也很多，据说连美国总统奥巴马的弟弟都在深圳开了家烧烤店。

像我这样的资深"吃货"，到了深圳这么个美味云集的城市，真是掉进"福窝"里了，可我还是想喝洛阳的汤，并时常抱怨，深圳怎么就没卖洛阳牛肉汤的呢？

　　有次，我随朋友到深圳香蜜湖度假村一家叫"河南老家"的馆子吃饭。刚进店，看见火炉上支着一口锅，锅中堆着几块肉，热汤正翻滚，我立刻激动地问店家是不是有牛肉汤卖！店家说只有羊肉汤。这时候我哪还管得这些，顾不上点菜，先要服务员打了一碗汤来喝。

　　可惜，这汤喝下去一点也"木有"洛阳汤浓厚醇郁、回味悠长的感觉。兴奋地喝完之后，非但不过瘾、不解馋，反倒又增添了对洛阳汤的怀念。

　　还有一次，几个朋友爬完小梧桐山，到莲花一村小区里面"那达慕"蒙古风味饭店吃烤羊肉，看到菜单上有羊杂汤，我便随意点了一份，也没抱多高期望。不想尝了一口竟然找到了点洛阳汤的感觉。

　　朋友中好几个都是洛阳人。或者是爬山饿了，或者是和我一样，在这盆汤中依稀找到了洛阳汤的味道，我们很快将汤喝了个底朝天，而且还意犹未尽。

　　我在深圳喝的这些羊肉汤，显然无法和洛阳相比。于是乎，我害了和南京朋友一样的"相思病"。洛阳老乡在一块聊天，总会扯到洛阳的汤。有时我心里还会幻想，洛阳的亲人朋友能否给快递一碗汤过来？

　　我和我的小伙伴们都不是张季鹰，达不到"人生贵得适意"的境界，不可能为"鲈鱼莼菜羹"直奔家乡而去。对于我们，现实生活更真切，所以我们只能趁归家的时候痛过喝汤的瘾。

　　这不，最近一次回洛阳时，凯旋桥头的牛肉汤、羊肉汤、驴肉汤馆子几被我喝遍。结果因为上火，我脸上光荣地长出了几个大疱。

写于 2013 年 8 月 25 日

他乡遇故知

他乡遇故知——平凡人人生的四大喜事之一，给我碰上了。前几天，由中国摄影家协会、洛阳市人民政府主办的"千年帝都牡丹花城"全国摄影暨牡丹书法展在深圳举行，我也借此遇到了我的"故知"：洛阳牡丹。

展览厅离得不远，还在布展时我就看到了。当时忍不住窃喜，觉得终于有机会让深圳的朋友们见识一下洛阳牡丹的美了。不过，当有人在微信上告诉我有牡丹摄影展时，我还是故作镇定地用网络流行语回复："朕知道了"。越到这时候，咱越得淡定点、低调些是吧？

不出我所料，牡丹摄影展给朋友们带来了很大震撼。洛阳牡丹本来就美，何况许多摄影作品，又经过了技术处理或嫁接加工，呈现出诸般奇特的组合和意境。于是，牡丹花下出现了在翘首仰望的唐三彩贵妇俑，荷包牡丹的花蕊上生出了卢舍那佛像……至于牡丹和云光月影、飞雪流岚、远山近水融合的作品，则更为多见。

小浪底的瀑布、白云山的云海、老君山的险峻、龙潭峡的幽深、重渡沟的奇秀……还有老城的古街、龙门的佛像、白马寺的传灯会、关林的朝圣大典、开元湖的喷泉……洛阳山水的壮美和文化积淀的浓厚也都在摄影作品中呈现了。但这些山水人文景观，似乎都只是牡丹的铺垫。人们都知道"洛阳牡丹甲天下"，洛阳最突出的城市符号，非牡丹莫属。

和朋友们留恋在一幅幅摄影作品前，他们问我：洛阳真有这么美吗？洛河真有这么宽吗？牡丹真有这么多吗？我都说：当然了，要不怎么那么多帝王在洛阳建都啊！当他们问什么时候去洛阳看牡丹最好，我捎带卖弄一下，答复说："谷雨三朝看牡丹"啊！洛阳你一定要去，不去后悔啊！

其实，在很多牡丹摄影作品前，我是有点忐忑的。这是洛阳牡丹吗？然后我提醒自己：是洛阳牡丹，这只是艺术的非真实。不过作为故知，我更希望看到牡丹的真实一面，就像那幅隋唐城遗址公园内淳和桥畔众牡丹花团锦簇的摄影，还有那幅老妪头戴牡丹花环和老翁笑逐颜开的作品。

在一幅内容为洛河两岸高楼的摄影作品前，有朋友开玩笑问我能否在照片中找到我的家。我很容易就指给他们：就在这座"楼顶开朵牡丹花"的高楼附近不远。这幅作品拉近了我曾经生活的现实，让我倍感亲切。

有次我又去看展，碰到一位曾去洛阳看过牡丹的人，但她竟然问我牡丹花香不。我说当然很香了，要不怎么叫国色天香呢！她听后将信将疑，说她去看花时好像没感觉到牡丹有香气。这话听得我有点"晕"。牡丹的香气她为何没感受到？不得而知。遗憾的是，我的这位"故知"此次前来也没带花香，不能立刻让她相信。

牡丹花开时，洛阳街头那种浓浓的牡丹香，我真实感受过。说到了花香，怀念便也被勾起来了。

写于 2013 年 10 月 27 日

鹏城话牡丹

我身边的同事年轻人居多，他们对于洛阳的历史似乎知道不多，也不甚感兴趣。这当然不能怪他们，历史毕竟有点缥缈，比不得现实存在的东西。好在他们知道"龙门石窟"，知道"洛阳牡丹"，已足以满足我作为洛阳人的自尊心和自豪感。——并不是所有城市都有一两张能为外人熟知的"城市名片"的！

牡丹花会又快到了。吃饭聊天时，我自然要向同事们鼓吹洛阳这一重大赏花盛事。听到的却是并不很好的反馈信息。

"到洛阳后去哪里看牡丹，是不是大街上都有？"面对同事这样的问题，我回答说："街上也有，不过公园里的牡丹更漂亮些，规模更大些。"

某位在洛阳待过一段时间的同事立马说："洛阳街头的那些牡丹一点不好看，品种少，长得也不好，感觉就没人照料。"

我无语。作为在洛阳城待了十多年的人，我深知洛阳街头那些牡丹的状况。虽然也未必像这位同事说得那么糟糕，但委实也好不到哪里去。

"到公园里看牡丹不需要买门票吧？"有同事接着问。"你想得美，肯定得收门票，而且门票价格还不便宜。不过是根据牡丹开放的程度，实行浮动票价。"几乎没等我说完，同事们立马嚷起来，"那还叫公园吗？""啥年代了，进公园还收门票"……

是啊，旅游门票久受诟病，很多城市早已取消。在洛阳时，也经常看到报纸上有批评"门票经济"的文章，可门票至今仍然是"花开时节动京城"。对于同事们的抗议，我只能低低地说："哦，洛阳的公园平时也是免费开放，只在牡丹花开的时候收门票。也有不收门票的公园，像洛河边的洛浦公园，也很不错……"不过我底气有点不足，因为我清楚知道收费公园和不收费公园里牡丹的差异。

更糟糕的是，一位同事讲起了她看到的牡丹。"牡丹的颜色没几种。那个黑牡丹，其实和红牡丹差不多；还有绿牡丹，一点都不绿；牡丹花也不很香……"

我赶紧纠正："牡丹花色挺多的啊，我们可是'千姿牡丹'；牡丹花是'国色天香'，怎么会不香呢?!"又问这位同事："你在哪里看到的牡丹？"

这位同事说是洛阳牡丹来深圳展览，和老公一起去看的，每个人还花了八十元的门票。

我终于舒了口气说："那些运到外地的牡丹，盆栽的，效果肯定不好了。"心里却在想：千万别再拿那些不好的牡丹出来展览，损害洛阳牡丹在外地的声誉了。

大家的议论就这样结束了，之前提出的让我带他们去洛阳看牡丹的想法也没最后确定。虽然大家没继续问我到洛阳旅游可以购买什么纪念品，我却想起今年春节后返回深圳时购买洛阳特产的事情。

因是到深圳工作后的第一个春节，返回深圳时我决定给同事们带些洛阳小特产。在老城丽景门商业街逛了几个遍，发现都是唐三彩、青铜器、牡丹瓷之类的旅游产品，携带不便，而且价格不菲。还有牡丹茶，价格也出奇地高。后来我只好买了些牡丹饼、牡丹燕菜做礼品。

将这些远道带来的礼品送给同事们时，我心里很忐忑。包装的牡丹燕菜我吃过，味道还算不错，只是这种酸辣的味道未必适合南方人的口味。牡丹饼呢，我自己从没尝过，对其滋味口感没一点信心。说实话，我很害怕同事们说：洛阳特产就这样子？

街头广种牡丹、门票、旅游产品……其实都是老生常谈的话题，不想我在深圳又遇到了。什么时候当洛阳人拿"洛阳牡丹"作为自豪和"喧嚣"的资本时，没有遇到质疑，没有底气不足，大概才算真正的"洛阳牡丹甲天下"。

写于 2013 年 3 月 23 日

城市很大，生活很小

看日历发现本期专栏恰逢年末，我就寻摸是否该写个总结稿应应景，辞旧迎新。翻来覆去，尚未想好如何写时，编辑发来信息说大家最好统一写年终总结稿。当"是否"变为"最好"，必须得写时，我才意识到写个与深圳有关的年终稿子，还真不是件容易的事情。

城市里并不缺少素材和故事，尤其在深圳这样一座人口超千万的大都市里，各种"猛料"更是源源不断，每天都将报纸网络等各种传媒充斥满满。谁谁被判刑了，某某来开演唱会了，又谁谁谁成首富了……可这些，与我这样的平凡人又有多大关系呢，那毕竟是别人的事情。

城市里每天都有诸多变化发生。连接厦门、汕头、深圳三大经济特区的厦深高铁开通了，深圳机场的T3航站楼启用了……这些重大事件，也似乎与我没多大关系，我不可能天天去坐高铁、坐飞机呀。还有，数条地铁线路在施工，路面开挖，设置了很多围挡，公交改线。这个似乎有点关系，可关系也不大。地铁修好后，有需要时进去乘坐就行，现在也没必要很关心。

我经常可以看到的是，很多楼盘在以"深圳速度""嗖嗖嗖"地往上长。

单位不远处那座设计高度近六百米的平安国际金融大厦，现在已经很突兀了，将来它会成为深圳第一高。同样，它与我关系也不那么大。现在的第一高楼"京基一百"，来深圳一年多了，我也只是望望而已，从没进去过。

城市很大，我们的生活却很小，这是现实。像我，上班的日子，起床、乘车、吃饭、工作、休息，时间基本都固定了，甚至于连每天交往的人也是确定的。周末，活动的范围一般也不会很大，只偶尔会到其他地方转转。这样的生活与城市的繁杂相比，显得总有那么点单调。而我却在这种规律得近乎乏味的生活中，静心观察品味着这座城市。

我看着路边的芒果树开花、结果，果实由小变大、由青变黄，然后被人摘光；看着天空变黑，乌云压城，大风呼啸，然后台风季节开始了；看着紫荆花没完没了地开呀、落呀，冬天差不多也来了。在这个四季不大分明的城市，我用心感觉季节的变化，觉得城市整个也变得可爱许多。

我看着街上、车上那些比我年轻很多的年轻人，猜测他们来深圳有多久了，他们的梦想实现了几成。深圳是公认的梦想之城。每一年，都会有人怀揣梦想来到深圳，也有不少人选择离开。那么，这座城市在那些年轻人的青春岁月里，会留下怎样的印记？这好像是深圳给我提出的无解之谜。

这一年，我在深圳看看花草、看看人，春夏秋冬走完，对深圳的了解和喜爱也增添了几分。在越来越庞大的城市里，我们大多数人都是很平凡很微小的个体，很多事情不会和我们有直接关系。在自己的视野内怡情悦心，过好自己的小生活，也挺不错。

写于 2013 年 12 月 29 日

在深圳的日子

　　这会儿，正是深圳一年中最好的时候。绿树红花，和风丽日，把整座城市烘托得暖洋洋的。雨水少了，空气不复夏日的湿潮，清爽惬意得让人想放声高歌。灰霾不时也会浮现，但想想北方，心中仍会生出些许优越感和满足感。

　　季节更替，风物轮回。完整地在深圳度过两个年头后，这些景致于我已成旧物，我对它们的热爱却丝毫未减。经过正红火盛开的三角梅，我的手不自觉会轻轻拂过花团；看到有白云似骏马从碧空飘过，我便顺手拍个照片上传微博……一切都如我初来乍到，也仿佛我还处在青春时代。

　　青春当然是匆匆那年的事了。两年前，我尚且敢自嘲是踩着青春的尾巴来到了深圳。在这个年轻人满街走的地方呆过，才意识到自己那时连青春的尾巴都已溜走。可也无妨，青春与世故，并非在谁身上都是一样的此消彼长。我武断地以为，在我，青春很早走了，世故永远未来。

　　我依然是那种刚直性格，有点偏，有点傻。人情练达、圆滑世故之类与我绝缘。这是我的自我鉴定。即便朋友们劝我，到了深圳该奉行利益至上的生存法则，我也依然如故。一辈子那么短，得抓紧时间任性地活一把。想想我多年一路刚直地走过来，其实也没什么不好。

是的，我活得挺好，无论过去，现在，抑或未来，我过得都蛮享受。原因很简单，我始终按照自己喜欢的方式、节奏、进度自信地生活，没被别人的标准束缚。我尽心尽力工作，"同事圈"热议的进步、好处，在我看来则且重要且随意。我陶醉于捕捉身边的点滴乐趣，让生活更享受更恣意。

可能因为去年我经常在朋友圈"晒幸福"的缘故吧，有人问我：你在深圳的生活，每天真的都那么称心如意吗？这个好奇的问题，逗得我直想笑。

深圳不是天堂，同样有让人不快的人和事。从前，我的日子没有天天遭遇阴霾；现在，也没有整日喜逢阳光。好与不好，不存在三七开或二八分，它俩一直勾兑、混杂着充斥于生活。关键是，亲，你那么关心我，我怎好给你传递不快的信息，让你心中难受。那些不好或不快，我承受、消化得了。

我并非在表演幸福。纵然我的生活千疮百孔，大约也总会有人羡慕和关注。人都希望别人永远和自己一样，当别人发生转变，他心里常常难于接受。情况发生在熟人圈，他的难受可能尤甚。对此，我无能为力。我只顾过自己的日子，别人复杂的眼光和心情，我兼顾不到。

这两年，记性倒毫不含糊地越来越差。经常地，对面走来一熟人，死活记不起对方名字。据说这是一种"初老"的症状。可能你依然在关心或关注我，而我一不小心，已把你遗忘。请你理解，生活在向前，遗忘亦非我所愿。

无论如何，深圳两年，风物如是，我心依旧。

写于 2015 年 1 月 26 日

鹏城一壶酒

我有一壶酒，足以慰风尘。

这句诗风靡网络、引发全民接续的时候，我不幸醉倒了几次，后果还比较严重，脑子"断片"，酒醒后不知怎么回的住处。有次，手上腿上留有轻微的擦伤，大约是路上摔倒的"纪念品"。自己呢，什么都不记得了。

几桩醉酒的"糗事"，颇令我汗颜。我不嗜酒，也没多少酒量，酒的口感和味道，在我看来远比不得喝甜品饮料舒服。若说心有烦恼需要借酒消愁，追求麻木时片刻的忘却，似更没必要，我那些所谓的人事烦恼，实在微不足道。最终，我只能将醉酒归因于现今年龄渐长，酒量更差了。后悔喝酒时不该那般豪爽尽兴，带着醉酒的"伤痛和领悟"，我也关注了一下深圳的酒风。

深圳虽是名副其实的南方，酒风却一点也不"南方"。作为移民城市，北方的酒风早已在此落地生根。天南海北前来打拼的人到了鹏城深圳，无不抱着大鹏展翅、扶摇直上的梦想，联络关系、对洽谈判之类的人际往来自然少不了。此时那些酒，不拘白的、红的，啤的、洋的，就成了最好的媒介。市井百姓寻常小聚，大凡有酒在桌，觥筹交错，气氛也便活色生香。

对于喝酒的场景，我抱有一种理想化的愿景，认为那应该是襟怀坦荡、快意人生的，应该是酒逢知己、相见恨晚的，也应该是不醉不归、酣畅淋漓的。在深圳，这种愿景大约只能是奢求。很多时候，人们吃的是"一次性饭局"，生不出点滴的情谊，酒桌上除了客套还是客套，蜻蜓点水般的数杯酒后，即迅速相忘于人海，无人会感念素昧平生同饮一壶酒的缘分。

大家都进化得极其聪明，知晓在酒桌上如何圆滑地自保、精致地利己。商业对手、职场同事，酒宴之上，推杯换盏之间，试探、陷阱、防范，直把一壶酒喝得步步惊心。这也罢了，或许人在江湖都身不由己。更常见的是一群没有利益瓜葛的熟人，上了酒桌依然端着架势。一壶酒喝得如鲠在喉，彼此之间的交情，正如那浅尝辄止的酒，疏散而寡味。

倘若看到相邻酒桌上的某个人觉得似曾相识，想要搭讪，于是打算提酒去碰上几杯，闲扯几句。那可实在有点犯大不韪。对方未必如你这般"江湖儿女多豪情"，乐得与你把酒闲谈。连与你一块喝酒的酒友们，大抵都会以为你有病。

醉酒之后，假使不慎忘却归路，醉卧鹏城街头，那也绝对不会成为美谈，毕竟你不是李白，也不是苏东坡。都市橘黄的灯光下，路人经过你时，可能只会鄙视你一声"酒鬼"。想到这些，我很庆幸自己初到深圳时，一次喝酒因为稍有点蒙，只是任性地躺在草坪上仰望了一下星空，没有直接横卧街头被人耻笑。

想象中的那种略带古意的酒风，在深圳肯定越来越难寻觅。鹏城一壶酒，我依然留待与人畅饮。虽然，我确实不胜酒力。

写于 2016 年 12 月 20 日

后　记

　　利用周末整理完这本书的文稿后，我长吁一口气。窗外云白风清，花木蓊郁，已是深圳的春天。南国的春虽然来得并不明显，但四时交替必有过痕，用心去打量还是能发现诸多迹象，比如落叶榕的黄叶、鸡蛋花的新芽、空气中的潮湿……这世界，这城市，这生活，原本就是要用心去感受的。

　　正是抱着感受和体会生活的目的，我一直喜欢用文字记录所见到的风物人事。2012年10月，因工作调动来到深圳，面对这座口新月异、气象万千的城市，我依然按照自己的生活节奏和习惯，按照自己喜欢的速度和方式，在这里走走看看，吃吃逛逛，聊聊玩玩。当然，也用不太高明的文字，为我的深圳生活，为我眼中的深圳，做着最朴实、最忠诚的记录。拿现在比较流行的词汇形容，我这样的生活也算"不忘初心"。

　　我不是特别勤勉的那种人，尤其面对现实生活的压力，更乐于"偷得浮生半日闲"。在写文方面，同样，也极其随性。刚到深圳的多半年，写了寥寥几篇有关深圳的小文，稍有家底，心中即满。自2013年7月底，受家乡父老的抬爱，我在《洛阳晚报》副刊开设"信马由缰"专栏，主题是写深圳各方面的生活、见闻、感受等。从那时候起，因为每周必须按时交稿，写文成了一种责任，倍感压力巨大，也真正体会到了"爬格子者"的艰辛。

　　幸运的是，家乡《洛阳晚报》副刊的张丽、徐礼军、刘婷等几位编辑，给了我极大的包容，经常提醒、催促我按时交稿，对我提交的文章也是或妙手回春，或锦上添花地删减修改。专栏大约持续两年，累积了数十篇稿子。可惜我当时来深圳时间不长，对很多事情缺乏深入了解，现今再回头看，当时的不少文章，语言显得很是笨拙，见解显得很是浅薄。不过，也有值得我高兴和自豪的，比如有的读者表示喜欢看我的专栏，因为他们可以借此了解深圳。我的一篇篇小文在记录个人生活之余，能对读者有点小帮助，我心中又生出了点小骄傲。

　　此后，惰性又起，断断续续，写或者不写全看心情。2016年4月起，机缘巧合，我有幸在《深圳特区报》发表了数十篇有关深圳的文章，主要在该报前海副刊的"鹏城巷陌"栏目刊发。有朋友说我，"你写深圳的事情，估计很多深圳人平时都未必会注意得那么细致"。这可能只是朋友之间的谬赞。但人常说，"一千个人眼里，就可能有一千个哈姆雷特"。我描写的深圳，纵然不能引发共鸣，总还有着我个人视角下独特的面貌。

　　书稿整理完毕，发现自己这几年已经写了深圳的春夏秋冬、风雨冷暖，写了深圳的大鹏所城、中英街、梧桐山、弘法寺、华侨城、深南大道、大芬油画村、观澜版画村等，写了深圳的手信、文博会、车展、楼市、股市、"百公里"、绿道等，写了广场歌手、IT民工、随迁老人、公交车司机、放蜂人、街头理发摊、中介小哥……深圳的人文风物、社会现象、街头见闻、众生百相，几乎都有涉及。除此，还有我个人小小的感触、淡淡的乡情等。汇集成书，也是一本关于深圳的"小百科"。

后记

这个时代，肯定不是个诗情画意的时代，尤其在深圳。曾经有人很奇怪地问我，为什么我更喜欢在朋友圈发些古诗词或美文，而不是那些心灵鸡汤、医疗保健、政经话题等。也曾经有人略带调侃地向别人介绍我，说我是写散文的。可能在他眼中，一个男人在深圳更应该时刻想着怎么赚钱、怎么高升。总之，因为偶尔写几个小文，显得我有点另类。

对很多不解，我都只笑笑。有时候被问得多了，我就打比方说，你喜欢踢球吧？你喜欢下棋吧？那是你的爱好，其实写散文也就是我个人的兴趣爱好而已，它不偷不抢、不盗不淫，没什么不好。我的爱好，我喜欢就行。现在，当百余篇有关深圳的文章汇集到一块，虽然知道其中存在着不足、文笔未能尽美，我心中仍然万千骄傲、万千快感，和别人踢赢一场球的兴奋感觉完全一样。

我做事有时会定个"小目标"，但并不急功急利。写一百篇左右有关深圳的文章，记录自己的生活，多年以后翻阅，告诉自己：那些年，我在深圳；那些年，深圳这个样子。这样一个想法，从我来深圳后诞生，到现在基本完成，延续了四年多。距我上本集子《此间曾有我》出版，也已近四年。四年时光，实现一个小目标，不算很长，也不算很短。现在实现，一切都刚刚好。

我，在深圳。

作　者

2017 年 2 月于深圳